よみがえる怪談（かいだん） 灰色（はいいろ）の本

作　緑川聖司
絵　竹岡美穂

ポプラ ポケット文庫

もくじ

Poplar
Pocket
Library

灰色の本

「本当に、いいのかい？　きた早々、お留守番なんかお願いしちゃって」

あわい青色の訪問着に身を包んだおばあちゃんが、玄関でふりかえって、気づかわしげに眉をよせた。

「大丈夫よ。おばあちゃんこそ、お芝居を見にいくの、ひさしぶりなんでしょ？　楽しんできてね」

わたしが笑って手をふると、おばあちゃんはようやく表情をゆるめて、

「それじゃあ、いってくるけど……なにかあったら、すぐに電話するんだよ」

そういいながら、玄関をでていった。

「いってらっしゃーい」

わたしはおばあちゃんを見送ると、だれもいない居間にもどって、畳の上に大の字に

ねっころがった。

あけっぱなしの窓から、気持ちのいい風が入ってくる。

今日から、小学校生活最後の夏休みのはじまりだ。

昨日、一学期の終業式が終わると、その日のうちに、わたしはひとりで電車にのって、お母さんの実家である「仁隆寺」にやってきた。

三年前の夏に、お父さんが山の事故で亡くなって以来、大手の食品メーカーに勤めるお母さんとふたり暮らしなので、夏休みや冬休みのような長い休みの間は、こっちですごすのが習慣になっていた。

「仁隆寺」は小さなお寺で、いずれはお母さんの弟の和行おじさんがつぐことになるらしいけど、いまはおじさんがほかの大きなお寺で修行中なので、おじいちゃんとおばあちゃんのふたりだけできりもりしている。

お彼岸やお盆の忙しいときは、事前にお願いして、同じ宗派の近所のお寺から応援にきてもらうんだけど、今日は急な法事が入って、おじいちゃんが朝からでかけてしまった。

おばあちゃんも、友だちとでかける約束があったんだけど、お寺というものは、いつ檀家さんからの連絡があるかわからないから、留守にすることはできない。

そこで、わたしが代わりに留守番をひきうけることにしたのだ。

わたしはひと休みすると、サンダルをはいて、外にでた。

仁隆寺では、住職とその家族は、本堂の裏手にある〈庫裏〉という建物に住みこんでいる。

境内にでたわたしは、手でひさしをつくって、遠くに広がる山のつらなりに目をやった。

頭上には青空が広がっているけど、山の頂上には、わたがしのような雲がもくもくとわきあがっている。

この空模様だと、午後から夕立になるかもしれない。

いまのうちに掃除をしておこうかな――いったん裏手の物置にひっこんだわたしが、竹ぼうきを手にもどってくると、お寺の門の前に、背の高い男の人が立っていた。

白いTシャツにジーンズをはいて、うすいグレーのジャケットをはおっている。

手にしている新聞包みは、お墓にお供えする仏花だろう。

男の人は、わたしに気がつくと、

「あの……お墓参りにきたんだけど、お墓はどこかな？」

ちょっとてれたように、頭に手をやりながらきいてきた。

「あ、案内します」

わたしはほうきを手にしたまま、門をでると、先に立って歩きだした。

仁隆寺の墓所は、本堂のある境内の、細い道をはさんだとなりにあるんだけど、背の高いブロック塀にかこまれているため、少しわかりにくいのだ。

「こちらです」

墓地の入り口で足をとめると、男の人は頭上を見あげて、感心したようにいった。

「最近は、どこのお墓にもこういうものがあるんだね」

男の人が見ているのは、防犯カメラだった。

高い棒のてっぺんで、カメラが左右にゆっくりとうごいている。

「お墓にいたずらをする人がいるんです」

わたしは顔をしかめていった。

お墓には、ぬすまれるようなものはあまりないけど、墓石に落書きをしたり、お花をひっこぬいたりといういたずらが続いたので、やむなくとりつけることになったのだ。

「でも、なんだかちょっと怖いね」

男の人は、小さく首をすくめていった。

「なにがですか？」

「だって……こんなところにカメラがあったら、この世のものじゃないものまで、うつってしまいそうじゃないか」

たしかに、機械だから文句もいわずに仕事をしているけど、これが人間だったら、一日中お墓をみはる仕事なんて怖いだろうな、と思っていると、

「防犯カメラといえば、こんな話をきいたことがあるんだけど……」

男の人は、そう前置きをして語りはじめた。

いたずら

和夫は、近所でも評判のいたずらっ子だった。

その日も、学校帰りに近くの墓地により道をすると、お供えものをあらしたり、おき忘れのバケツをけとばしたりして遊んでいた。

やがて、墓地のすみに、ひときわ古そうな墓石をみつけた和夫は、

「お、いいこと思いついた」

そういうと、ランドセルから、学校でつかった油性ペンをとりだして、友だちがとめる

のもきかずに、その墓石（はかいし）の側面に、

『バーカ』

と大きく落書きをした。

「ぜったいたたりがあるぞ」

友だちはさすがにおびえていたけど、

「おまえら、なにびびってんだよ」

まったく反省する様子も見せずに、和夫（かずお）は家に帰った。

その日の夜。

自分のベッドでねていた和夫は、夜中にとつぜん、体が重くなって目がさめた。

そっと目をあけて、和夫はおどろいた。

自分のおなかの上に、大きな墓石がのっていたのだ。

さらに、ベッドのまわりには、暗い灰色（はいいろ）をした人かげが何体も立っていて、和夫をじっと見おろしている。

和夫は体をおこそうとしたけど、体どころか、指一本、うごかすことができない。

うーん、うーんとうなりながら、和夫はいつのまにか、ふたたびねむりに落ちていった。

つぎの日は土曜日だったので、いつもよりおそい時間に目をさました和夫が、なんだか体がだるいなあ、と思っていると、

「和夫、電話よ」

お母さんがよびにきた。

電話はお寺の住職からで、お墓の防犯カメラに、和夫のすがたがうつっていたというのだ。

カメラのことを知らなかった和夫は、さすがにまずいと思って、ご飯を食べるとお寺にむかった。

「ごめんなさい」

お寺に到着すると、和夫は落書きしたことをみとめて、すなおに謝った。

ところが、住職は怖い顔で和夫のうしろをじっと見つめていたかと思うと、

「こちらにきなさい」

といって、和夫を本堂の奥にある事務所へとつれていった。

そして、機械を操作すると、和夫に防犯カメラの映像を見せた。

それを見て、和夫はスッと血の気がひくのを感じた。

モニター画面に、墓石や和夫たちのすがたが、白黒でうつしだされている。

そんな中、ニヤニヤしながら落書きしている和夫のまわりを、何体もの灰色の人かげがとりかこんで、じっとにらんでいたのだ。


「――住職には、お寺にやってきた和夫くんの背後に灰色の人かげが、十体近くはりついているのが見えたそうだよ」

男の人は、そう話をしめくくった。

話をききおえて、わたしはそっとカメラを見あげた。

もしかしたら、本当にカメラには、人の目には見えないなにかがうつっているのかもしれない。

わたしがだまりこんでいると、

「ごめんごめん。変な話をしちゃったね」

男の人は、ちょっと心配そうにわたしの顔をのぞきこんだ。

「あ、いえ……大丈夫です」

気をとりなおして首をふるわたしに、

「案内してくれてありがとう。あとはわかると思うから」

男の人はそういって、奥にむかって歩きだした。

そのうしろすがたを見送ると、わたしは竹ぼうきで掃き掃除をはじめた。

落ち葉のたまる季節じゃないけど、木から落ちた葉っぱや細い枝で、それなりにちらかっている。

夢中になって掃除をしているうちに、墓地の一番奥までやってきたわたしは、あるもの

を見つけて、

「あれ？」

と声をあげた。

墓地のすみに、ほかの墓石のかげにかくれるようにして、ひときわ小さな墓石がたっている。ほかのお墓は、一メートル四方くらいの、コンクリートのかこいの中にあって、墓石もぴかぴかなのに、そのお墓はかこいもなく、長い間手入れをされていないのか、墓石もぼろぼろで、ところどころにコケが生えていた。

そのお墓の横に、一冊の本がたてかけるように置いてあるのが目に入ったのだ。

ふつう、お墓にお供えするものといえば、お花やお菓子、お酒などがほとんどで、本というのは見たことがない。

お墓参りにきた人が忘れていったのかな——本を手にとろうと、お墓の前にしゃがんだわたしは、見覚えのある仏花に気がついた。

そういえば、さっきの男の人は、いつのまに帰ったんだろう。

いそいで墓地の出口まで走ったけど、見わたすかぎり、どこにも人かげはなかった。

それに、たしかあの人は、お花以外なにももっていなかったはずだし……。

わたしはお墓の前にもどって、本を手にとった。

表紙の色は、まるで墓石のような灰色で、うっかりするとお墓にまぎれて見のがしてしまいそうだ。

その表紙のまん中に、少し濃い灰色で、タイトルと作者の名前が書かれていた。

『灰色の本』　山岸良介

わたしは目の前のお墓に顔を近づけた。

長い間、風雨にさらされて、表面の文字はかなりけずれていたけど、かろうじて『山岸家之墓』と読める。

本の作者と同じ苗字だ。

ということは、これは作者のお墓なのだろうか。

それとも、お墓参りにきた山岸家の人が、自分の本を置いていったのだろうか。

どちらにしても、元通りにしておいたほうがよさそうだな――そう思って、本をもどしかけたとき、手の甲にポツリと雨つぶがあたった。

「え？」

見あげると、すっかり雲におおわれた灰色の空から、雨がぱらぱらと落ちてくる。

このままだと、本がびしょぬれになってしまう。

わたしは竹ぼうきを手にすると、本をかかえて走りだした。

本堂にかけこんで、軒先に腰をおろすと、わたしはようやく息をついた。

夕立というほどではないけど、大つぶの雨がふってくる。

さっきの人、傘をもってなかったけど大丈夫かな――そんなことを考えながら、わたしはもち帰った本を開いた。

第二話　防犯カメラ
第三話　涙を流す石像

目次を見ると、どうやら短編集のようだ。

わたしは、今度は本の一番うしろを開いた。

ふつう、本の最後には奥付といって、その本の発行日や出版社、作者の簡単なプロフィールなんかが書いてあるんだけど、この本には奥付も、作者のプロフィールもなく、とうとつに終わっていた。

変わった本だな、と思いながら、ちょうど留守番で退屈していたこともあって、わたしは雨音をききながら、一話目を読みはじめた。

第一話　灰色ノート

窓の外には、どんよりとした灰色の空が広がっている。

授業はとっくに終わり、教室にのこっている生徒もまばらになってきたけど、家に帰る気になれなくて、わたしが自分の席で、ぼんやりと窓の外をながめていると、

「ねえ。死んだ人と話をする方法って知ってる？」

とつぜん、正面から話しかけられた。

ちょうど、死んだ人のことを考えていたわたしが、ドキッとして顔をあげると、髪の長い女の子が目の前に立っていた。


読みながら、わたしは本をもつ手に力が入った。

わたしにも、死んでしまったけど、話をしたい人がいる。

だから、もし本当にそんな方法があるなら、わたしも知りたいと思ったのだ。

本の中のお話だとはわかっているけど、わたしはドキドキしながらページをめくった。


こんな子、クラスにいたかな――中学に入学してから数か月がたっているのに、いまだにクラス全員の顔と名前が一致(いっち)しないわたしは、そんなことを考えながら、「知らない」と首をふった。

「そんな方法があるの？」

すると、その女の子は「三年生の先輩(せんぱい)からきいたんだけどね」と前置きをして、その方法を話しだした。

1　まず、灰色のノートを買ってくる。
2　つぎにノートの途中を開いて、左側に灰色のペンで、死んだ人と話したいことやききたいこと、お願いしたいことを書いておく。
3　その人が死んだ時間に、その人のお墓の前にノートを置いて、「○○さん、返事をください」と心の中で三回となえる。

「――そのノートを、つぎの日の同じ時間にとりにいったら、ノートの右側に返事が書いてあるらしいよ」

女の子の言葉に、わたしは思わず「それ、ほんと?」と口にした。

方法が簡単すぎると思ったのだ。

「それに、どうして灰色のノートなの?」

「灰色って、白と黒の間の、あいまいな色でしょ?　だから、この世とあの世の間っていう意味があるんだって」

彼女によると、この世とあの世のはざまにとどまっている人は、灰色の存在になるらしい。

わたしが、どうしようかな、と考えている間に、女の子は「よかったら、試してみて」といいのこして、さっさと帰っていった。

わたしは帰りじたくをして学校をでると、文房具屋さんによって、灰色のノートと灰色のペンを買った。そして、そのまま近くにあるお寺へと足をむけた。

二か月前、大好きだったおばあちゃんが亡くなった。

両親が共働きで、あまり家にいないわたしにとって、毎日「お帰り」をいってくれたおばあちゃんは、一番の理解者であり、心の支えだった。

わたしはノートを開いて、左側のページに、

「おばあちゃんに会いたい」

と書くと、お墓の前に置いて、手をあわせた。

もちろん、本気で信じたわけじゃない。

ただ、おばあちゃんのいないさびしさを、なにかすることでうめたかったのだ。

だけど、つぎの日の夕方、同じ時間にノートをとりにいくと、右側のページに、灰色の文字でこう書いてあった。


「今夜の零時にお墓にきてください　ばぁば」


それはまちがいなく、わたしの大好きなおばあちゃんの筆跡だった。

その日の夜。両親がねしずまったことをたしかめると、わたしはこっそり家をぬけだして、お寺へとむかった。

真夜中のお墓は、人かげもなく、ひっそりとしずまりかえっている。

おそるおそる足をふみ入れると、おばあちゃんのお墓の前に、白い着物の小柄な人かげが、うつむいて立っているのが見えた。

「おばあちゃん……」

なつかしさに泣きそうになりながら、かけよろうとしたわたしは、墓石の手前で足をとられて、その場にひざをついた。

足元を見ると、地面から骸骨の白い手がとびだして、わたしの足首をしっかりとつかんでいた。

「おばあちゃん、助けて！」

悲鳴をあげながら、白い人かげに手をのばす。

だけど、こちらをむいたその顔を見て、わたしはさらに大きな悲鳴をあげた。

ぽっかりとあいたまっ黒な目に、耳までさけた口でニヤリと笑うその顔は、人間のものではなかったのだ。

わたしは、にげようとしたけど、足がどんどん土の中にめりこんでいった。

そして、わたしの体が腰のあたりまでうまったところで、

「こら――っ！」

住職さんが作務衣すがたでかけつけてきた。

住職さんが、数珠をまいた手でわたしの手をつかんだ瞬間、足首がフッと軽くなって、おばあちゃんのふりをしていた何者かが、いやそうな顔をして消えていった。

土にうまったわたしをひっぱりあげて、お寺につれていくと、住職さんは熱いお茶をだしてくれた。

お茶をひとくちのんで、ようやく落ちついたわたしは、勝手に墓地に入ったことを謝って、事情を説明した。

だまって話をきいていた住職さんは、わたしが話し終えると、苦い顔で、「最近、そういう噂が広まっていて、こまってるんだよ」といった。

今日も、だれかがしのびこんでいないかと、見まわりをしていて、悲鳴を耳にして、あわててかけつけたらしい。

「ごめんなさい」

わたしは小さくなって、頭をさげた。

しばらく住職さんとおばあちゃんの思い出話をしていると、連絡をうけたお父さんとお母さんがむかえにきてくれた。

すごく怒られるのを覚悟してたんだけど、住職さんから話をきいたふたりは、どういうわけか、まったく怒らず、反対に「さびしい思いをさせてごめんね」と謝ってきた。


つぎの日、学校でさがしてみたけど、あの髪の長い女の子はどこにもいなかった。

了

一話目を読み終えて、わたしはほかのページをパラパラとめくった。

タイトルに「灰色」が入ってない話もあるけど、石像や石垣がでてきたりしているので、どうやら灰色にまつわる怖い話ばかりを集めている本のようだ。

タイトルが気になったこともあって、わたしは続けてつぎの話を読みはじめた。

第二話　防犯カメラ

「ありがとうございましたぁ」

雑誌を立ち読みしていた大学生らしきふたりづれを見送ると、ぼくはカウンターの中で、大きくのびをした。

希望の大学に合格して、念願のひとり暮らしをはじめたぼくは、さっそくアパートの近くのコンビニで、深夜のアルバイトをはじめた。

深夜は店員が少ないので、商品がはこびこまれてくる時間帯はいそがしいけど、それ以外はけっこうひまだった。じっさい、いまも店内にお客さんはひとりもいない。

「江坂、いまのうちに休憩いってもいいぞ」

「わかりました」

先輩アルバイトの永島さんにいわれて、ぼくはレジの奥にあるドアをあけて、裏の事務所に入った。

店内には三台の防犯カメラがあって、事務所ではその映像を見ることができる。

お弁当を食べながら、ふと顔をあげて白黒のモニター画面に目をやったぼくは、「あれ？」と思った。

ほんの数分の間に、お客さんの数がいっきにふえていたのだ。

深夜のシフトは、ぼくと永島さんのふたりだけなので、手伝いにいったほうがいいかな、と思っていると、どういうわけか、永島さんが事務所に入ってきた。

「あれ？　いいんですか？」

「いいんだよ。客がきたら、ブザーを押すだろ」

永島さんは、画面に背をむけるようにして背中をまるめると、弁当を食べだした。

たしかに、レジには店員がいないときのためのよびだしブザーがあるけど、万引き対策もあるので、店内にお客さんがいるときは、店員もレジにいないといけない規則になっている。

「でも……」

口を開きかけるぼくを、永島さんはじろっとにらんで、

「気になるなら、おまえ、ちょっと店にいって見てこいよ」

そういうと、また背中を丸めて顔をふせた。

「はあ……」

首をひねりながら事務所をでたぼくは、レジから店内を見わたして、びっくりした。

モニターの画面では十人近くいたはずのお客さんが、ひとりもいなかったのだ。

わけがわからず、呆然としていると、売り場の棚と棚の間を、灰色のかげがスッと通りすぎた。

「え?」

さらに目をこらすと、ほかにも灰色の人かげが、店内のあちこちをうごきまわっているのが見える。

まるで、モニターの画面から、そのままぬけだしてきたみたいだ。

にげるようにして事務所にもどると、画面の中には、さっきよりもたくさんのお客さん

のすがたがはっきりとうつっていた。

だけどよく見ると、どの人かげもふつうに歩くのではなく、スーッ、と足をうごかさずに、まるですべるように移動している。

「せ、先輩」

ぼくはふるえる声でよびかけた。

「あれはなんなんですか？」

「知らねえよ」

先輩は、少しだけ顔をあげて、ぼくを見た。

「少なくとも、客じゃねえし。おまえも、あんまりじろじろ見るなよ。つれてかれるぞ」

「え？」

その言葉に、反射的に画面に目をむけたぼくは、金しばりにあったように目がはなせなくなった。

スーツすがたの男の人が、こちらに顔をむけて、じっと見つめている。

さらにそのうしろから、OL風の女の人や、学生っぽい人、お年よりに小学生……さまざまな人が、カメラの前にわらわらと集まってきた。

お客さんの顔が、画面いっぱいに広がって、その手がこちらにのびてきて――。

「ばかやろうっ！」

とつぜん、腕がぐいっとひっぱられて、ぼくは床にころがった。

永島さんが怖い顔でぼくを見おろしている。

「あんまり見るなっていっただろ！　つれてかれたいのか！」

床に座ったまま、あぜんとしているぼくに、永島さんは、半年程前、やはり入ったばかりのバイトの子が、画面の中にひきこまれていったのだといった。

「その子は、どうなったんですか？」

ぼくがおそるおそるきくと、

「表向きは、行方不明ってことになってるけどな……いるんだよ。あの中に」

先輩は顔をそむけたまま、画面のほうを指さした。

ぼくは一瞬だけ、画面に目をむけた。

画面のすみで、バイトの制服を着た若い男が、笑顔でこちらに手まねきしていた。

翌日、ぼくはバイトを辞めた。

あとできいた話だと、店の建っている場所は、昔はお墓だったらしく、立地はいいのに、できる店がつぎつぎつぶれていくので有名だったそうだ。

この間、ひさしぶりに前を通りかかったら、店があった場所はさら地になっていて、いき場をなくした灰色のかげが、うろうろとうごきまわっていた。

了

二話目を読み終えて、わたしは顔をあげた。

雨はだいぶ弱くなっている。

わたしは本を置いて立ちあがると、本堂の奥に足をむけた。

奥にはお寺の事務所みたいな部屋があって、そこで防犯カメラの映像がチェックできることを思いだしたのだ。

それを見れば、だれが本を置いていったのか、わかるかもしれない。

カメラを設置するときに、ちょうどお寺にきていて、一緒に説明をきいていたので、簡単な操作方法なら知っている。

カメラは入り口と奥に一台ずつ設置されていて、奥のカメラが、ちょうどあのお墓のあたりをとらえていた。

少しまきもどしてから再生すると、しばらくして、さっきの男の人があらわれて、お墓の前に花を置いた。

その手元をはっきり見ようと、画面に顔を近づけたとき、

ブゥゥウウゥゥ――ン

虫の羽音のような、おかしな音がして、画面が大きくみだれた。

白黒の画面の中で、男の人のまわりだけが、まるで砂絵を左右にゆらしたみたいに、ざわざわとぼやけていく。

もう一度まきもどして、同じところを再生してみたけど、やっぱり同じようにノイズが入ってしまう。

まるで、男の人のすがたを記録にのこさせないように、だれかがじゃまをしているみたいだ。

なんだか、ちょっと怖いな、と思っていると、

「こんにちはー」

表のほうから声がした。

「はーい」

あわててもどると、のき先に、スポーツ刈りの男の子が立っていた。

「なんだ、雄人か」

「なんだはないだろ。せっかくスイカをもってきてやったのに」

大きなビニール袋をぶらさげて、むくれているのは、近所に住んでいる中西雄人だ。

わたしと同じ六年生で、雄人の家が檀家さんの代表である檀家総代をつとめていること
もあって、小さいころからのつきあいだった。

「ありがと」

うけとったスイカを、冷蔵庫に入れてもどってくると、雄人は勝手にのき先にあがって、
本をぱらぱらとめくっていた。

「これ、夏美の本か?」

「お墓参りにきた人の、忘れ物だと思うんだけど……どうかした?」

「いや……これって、中央公園の石像のことかな、と思って」

「どれ?」

わたしは雄人のとなりに腰をおろすと、つぎの話を一緒に読みはじめた。

第三話　涙を流す石像

「なあ、知ってるか？　中央公園にある、未来の像の噂」

夏休み。

塾の帰りに、いつもの公園でアイスを食べていると、勝がそんなことをいいだした。

「なんだよ、噂って」

スポーツドリンクを飲みながら、海人がききかえす。

未来の像というのは、町の中心にある中央公園の入り口に立っている石像のことで、小学生くらいの髪の長い女の子が、遠くに見える山の頂上を指さしている。

石像を彫ったのは地元の彫刻家で、子どもたちに明るい未来がありますように、という願いをこめてつくられたらしいんだけど――。

「あ、知ってる」

ぼくは手をあげた。

「夜中の零時になったら、指さしてる方向が変わるってやつだろ？」

「そんなんじゃなくて、もっとすげえ話なんだよ」

勝は首をふって、こうふんした様子で話しだした。

それは、いまから十年前のこと。

公園の前の道で、当時十歳の女の子が車にはねられて亡くなるという事件があった。

ショートカットのよくにあう、かわいい女の子だったらしい。

事件がおきたのは真夜中のことで、目撃者もなく、犯人はいまだにつかまっていない。

それが土曜日の夜十一時十一分のことで、それ以来、毎週土曜日のその時間になると、女の子の霊が石像にのりうつって、目から血の涙を流すというのだ。

「ほんとかよ」

石像が赤い血の涙を流す光景を想像して、ぼくはゾクッとした。

「まじだって。兄ちゃんにきいたんだから」

勝のお兄さんは大学生で、当時、その女の子と同級生だったらしい。
ちょうど土曜日だったので、ぼくたちは、夜中に公園に集まって、噂をたしかめることにした。

そして、午後十一時すぎ。ぼくと勝と海人の三人は、こっそり家をぬけだして、公園の前にやってきた。

公園の中は街灯も少なく、駅からもはなれているので、この時間になると、ほとんど人通りはない。

公園の時計を見ながら、勝が「あと五分だな」とつぶやく。

ぼくはちょっとドキドキしながら、石像を見つめた。

公園の前の道を、たまに通りすぎていく車のライトが、ぼくたちと石像をてらす。

「あと、一分」

ぼくたちは、女の子の顔に注目した。

カチッ、と時計の長針がうごいて、十一分をさす。

だけど、しばらく待ってみても、なんの変化も起こらない。

やっぱり噂だったのかな、と思っていると――。

「あっ！」

勝が声をあげて、石像の顔のあたりを指さした。

「赤い涙だ！」

「ほんとだ！」

ぼくたちも、大声をあげた。

たしかに、目の下がまるで血を流しているみたいに赤くそまっている。

だけど――

「なーんだ」

先に気づいた海人が、肩を落として勝の背中をたたいた。

赤く見えたのは、公園の前を通りかかった、パトロール中のパトカーのランプが反射しただけだったのだ。

「やっぱりただの噂じゃん」

ぼくと海人が、勝に文句をいっていると、

「うるせえな。こんな時間に、なにをさわいでるんだ」

不機嫌そうな男の人が近づいてきた。

どうやら、近くで車をとめて休憩していた、タクシーの運転手さんのようだ。

「あ、えっと、ちょっと怪談を……」

勝が口ごもりながらこたえると、

「くだらねえことしてねえで、子どもは早く帰ってねろ」

男の人はそういって、手でおいはらうようなしぐさをした。

ぼくたちが顔を見あわせて、帰ろうとしたとき、

「あっ！」

勝が声をあげて、石像を指さした。

「もういいって」

海人の声に、しぶしぶ石像を見あげたぼくたちは、言葉を失った。

像が血の涙を流しながら、向きを変えて、さっきの運転手をまっすぐに指さしていたのだ。

しかも、よく見ると長かったはずの髪がショートカットになって、顔もさっきと全然ちがっている。

「だから、さっさと帰れって……」

ぼくたちの声に、ふたたび声をあらげようとふりかえった男の人が、石像の顔を見て、ポカンと口をあけた。

そして、その場に座りこんだかと思うと、

「ゆるしてくれ！　ゆるしてくれ！」

はうようにしてにげながら、ふるえる声でくりかえして、頭をかかえた。

ぼくたちがぼうぜんとしていると、さわぎをききつけたおまわりさんがやってきて、

「どうしたんですか？」

と、男の人に声をかけた。

「すいません。おれがやりました。おれが女の子をひいたんです」

男の人は、必死でうったえながら、おまわりさんにすがりついた。

ふとふりかえると、石像は元の顔にもどっていて、なにごともなかったかのように、遠くに見える山を指さしていた——。


あとできいた話では、男の人は十年前のひきにげ事件の犯人で、事件のあと、この土地をはなれていたんだけど、もうそろそろ大丈夫だろうと思い、もどってきてタクシーの運転手をしていたらしい。

それ以来、石像が血の涙を流すという噂はなくなった。

了

「この石像が、中央公園にあるの？」

中央公園というのは、ここから歩いて二十分くらいのところにある大きな公園だ。

「たしか、未来の像っていう名前だったと思うけど……、見にいく？」

「でも、いま留守番中だから……」

わたしがそういったとき、スクーターの音が近づいてきた。

「あ、おじいちゃんだ」

ちょうど帰ってきたおじいちゃんに、雄人とでかけてもいいかときいてみると、

「ああ、かまわんよ」

おじいちゃんは、ふたつ返事でゆるしてくれた。

すぐにでかける準備をして、寺をでる。

いつのまにか、空の雲はずいぶんとうすくなり、ところどころ青空がのぞいていた。

歩きながら、雨あがりの空気を胸いっぱいにすいこんでいると、

「ぜったい留守にできないんだから、お寺も大変だよな」

雄人が同情するようにいった。

「まあね」

いつ檀家さんからの連絡があるかわからないから、お寺はつねに、二十四時間三百六十五日営業だ。

気軽にアルバイトをやとうわけにもいかないから、コンビニよりきついかもしれない。

「いま何時？」

時計をもってないわたしは、腕時計をしている雄人にきいた。

「四時すぎだけど……なんで？」

「今日は塾にいくから、それまでにもどらないと」

「塾？」

「うん。こっちで夏休みの集中講義をうけるかもしれないから、体験授業にいくの」

「やっぱり、中学受験するのか？」

雄人は、わたしの顔をのぞきこむようにしてきいてきた。

「んー……まだわかんない」

わたしは首をふった。

家の近くにある私立の中学を受験するために、四年生のときから学習塾に通っているんだけど、最近、お母さんの仕事がいそがしくなってきたこともあって、中学に入学するタイミングで、こっちにひっこしてきて、おじいちゃんたちといっしょに住むという話がもちあがっているのだ。

お母さんの勤めている会社は、こっちのほうにも支社があって、希望すれば転勤がみとめられるらしい。

だから、ひっこすのが一番いいのかもしれないけど、わたしはやっぱり、お父さんと暮らした、いまのマンションからひっこすことに、まだ抵抗があった。

「こっちにひっこしてくればいいのに」

雄人の言葉にあいまいなほほえみでこたえて、肩にかけたトートバッグに手をやったわたしは、「あっ」と声をあげて、さっきの本をとりだした。

「この本のこと、おじいちゃんにいうの忘れてた」

「大丈夫だろ。もしもち主がとりにきたら、連絡くれるよ」

となりを歩きながら、本の表紙に目をやった雄人は、

「そういえば、さっきの話、おれの知ってる怪談とはちょっとちがうんだよな……」

とつぶやいた。

「そうなの？」

雄人がきいたことのある話では、結局犯人はあらわれず、長い間まち続けることにつかれてしまった少女の霊は、だれでもいいから身代わりになってくれる人をさがしているらしい。

「だから、もし女の子の声がきこえても、返事をしたらだめなんだってさ」

そんな話をしているうちに、わたしたちは中央公園に到着した。

噴水や芝生広場もある、けっこう大きな公園だけど、さっきまで雨がふっていたせいか、人はそれほど多くない。

女の子の像は、噴水のむこう側にあった。

髪の長い女の子が、はるか遠くの山の頂上を指さしていて、台座のプレートには「未来の像」と書かれている。

わたしたちは、像の前に立ってしばらく待ってみたけど、特になにもきこえなかった。

「まあ、噂なんてこんなもんだよな」

雄人が肩をすくめて立ち去ろうとすると、

「ねえ、待って」

うしろから、女の子の声がきこえた気がして、わたしは「え？」とふりかえった。

「どうしたの？」

「いま、声がきこえなかった？」

わたしの言葉に、雄人は十秒ほど耳をすませてから、笑って首をふった。

「おどかすなって。なんにもきこえないよ」

「そっか……」

わたしがふたたび歩きだそうとしたとき、

「いかないで……」

うしろから、声がきこえた気がしたけど、わたしはきこえないふりをして、雄人のあとを追いかけた。

「ほかには、どんな話がのってるんだ？」

少しはなれたところでベンチにすわると、雄人はまた本をめくりだした。

「雄人って、そんなに怪談が好きだったっけ？」

わたしがちょっと意外に思ってきくと、

「いや、じつは……」

雄人は頭をかいた。

「夏休みの自由研究のテーマが、なかなかきまらなくってさ。さっきの石像の話を読んで、地元につたわる怪談を、地元の歴史にからめて調べたら、おもしろいんじゃないかって思ったんだ」

それはたしかにおもしろいかもしれない。

雄人はしばらくページをめくっていたけど、

「あ、これ」

とつぶやいて、話のタイトルを指さした。

「この石垣も、近くにあるやつかも」

「え、そうなの？」

わたしたちは肩をよせあって、つぎの話を読みはじめた。

第四話　運命の石

わたしの通う中学校の近くには、石垣ののこる公園があります。

昔、お城があったころのなごりらしいのですが、その石垣には、ある噂がありました。

それは、石垣の中にハートの形をした石がひとつだけあって、好きな人の誕生日にその石を見つけた人は、恋がかなうというものです。

ただし、誕生日以外の日に見つけたり、ハート形の石を見つける前に、どくろの形をした石を見つけてしまったら、ぜったいにむすばれないばかりか、大けがをしてしまうといわれています。

わたしの友だちのT子は、同じクラスのNくんに片思いをしていました。

Nくんの誕生日、学校が終わると、T子はハート形の石をさがすために、いそいで公園にむかいました。

だけど、石垣は広くて、一生懸命さがしても、なかなか見つかりません。

そのうちに、T子は自分と同じように、石垣を熱心に見てまわっている女の子がいることに気がつきました。

その子は、Nくんのクラブの後輩で、Nくんにあこがれているという噂のある子でした。

T子はあせりました。が、やっぱり石は見つかりません。

そして、日も暮れて、公園の街灯がともりはじめたとき、

「あった！」

後輩の女の子が、小さな声でさけんでガッツポーズをしました。

彼女の前には、ほかの石と石の間にかくれるようにして、たしかに小さなハート形の石があります。

女の子は、T子のことも目に入らない様子で、とびはねるように石段をのぼっていきま

した。石垣の上の道を通ると、公園をぬける近道なのです。

きっと、Nくんのところにいくつもりなんだ——。

あわててあとを追ったT子は、石垣の一番高いところで女の子に追いついて、うしろから腕をつかみました。

「なにするんですか！」

女の子が悲鳴をあげます。

ふたりはもみあいになり、女の子は石垣から足をふみはずして、地面に落ちてしまいました。

こわくなったT子は、あとも見ず、にげるようにしてその場を走り去りました。

つぎの日、女の子が亡くなったというニュースを学校できいたT子は、ショックをうけましたが、結局警察では、女の子の死を事故として処理したらしく、T子が事情をきかれることはありませんでした。

その後、T子はNくんに告白して、ふたりはつきあうことになりました。

それから数か月後。公園でデートしていたふたりは、石垣の前を通りかかりました。

「知ってる? この石垣の中に、ハートの形をした石があるらしいよ」

Nくんの言葉に、T子は一瞬ドキッとしましたが、なにも知らないふりをして、「そうなんだ」とこたえました。

(そういえば、たしかちょうど、このへんにハートの石が……)

おそるおそる石垣に目をむけたT子は、悲鳴をあげました。

ハートの石があるはずの場所に見えたのは、どくろの形をした石だったのです。

T子がかたまっていると、どくろはあの後輩の女の子の顔になって、

「どうしてわたしをつきおとしたの……」

うらめしそうに、T子をにらみました。

T子はパニックになって、足元に落ちていた石で、石垣をなぐりつけました。

「わたしじゃない! わたしは殺してない! わたしは……」

「きみ！　やめなさい！　なにをしてるんだ！」

通りがかりの人に腕をつかまれて、T子がハッとわれにかえると、目の前には、顔を石でなぐられて血だらけになったNくんがたおれていました。


T子はいま、警察から事情をきかれているそうです。

了

「うわあ……なんか、こわいね」

わたしは顔をしかめた。怪談はきらいじゃないけど、痛い話は、ちょっと苦手だ。

「ここの公園にも石垣があって、同じような噂があるんだけど……いってみる？」

ちょっとまよったけど、石をさがさなければ大丈夫だろうと思って、わたしはうなずいた。

「ここには昔、大きなお城があったらしいんだけど、ずいぶん昔になくなって、いまは石垣の一部だけがのこってるんだ」

公園を、さらに奥へとむかいながら、雄人が解説する。

公園の中でも、あまりめだたない一角に、その石垣はあった。

「この石垣のどこかに、ハート形の石があるの？」

えんえんと続く石垣を見上げながら、わたしはいった。

「クラスの女子が、そんな話をしてたんだけど……」

雄人はそこで言葉をきって、わたしの顔を見た。

「夏美もこういうのに興味あるんだ」

「え？　うん、まあ……どうして？」

「いや、べつに」

雄人はスッと目をそらすと、

「おれ、ちょっとトイレにいってくる」

そういって、走り去っていった。

ひとりのこされたわたしは、石垣にそってぶらぶらと歩いた。

夕方が近いせいか、あたりにあまり人かげはない。

そんな中、中学校の制服を着た女の子が、真剣な顔で石垣を見つめていた。

彼女も噂をきいて、ハート形の石をさがしにきたのだろうか。

そういえば、石垣のどこかにハート形の石がひとつだけあって、それを見つけると幸せになれるというのは、どこかの観光地でもきいたことがあった。

この公園のいい伝えも、もしかしたら、その話を知っただれかが広めたのかもしれない。

だとしたら、本当はハート形の石なんかなかったりして……。

わたしがクスッと笑うと、さっきの女の子が、こちらをじろっとにらんだので、わたしはあわてて顔をふせた。

彼女のことを笑ったわけじゃないんだけど、もしかしたら誤解されたかも——そう思いながら、顔をあげた視線のすぐ先に、きれいなハート形の石があって、わたしは思わず、

「あ、あった」

と声をあげた。

すると、わたしの声をききつけたのか、さっきの女の子がとんできて、

「ちょっと！　どこにあったの！」

すごい剣幕でせまってきた。

「あ、あの……ここに……」

のけぞりながら、石を指さそうとしたわたしは、自分の目をうたがった。

いま、目の前にあったはずのハート形の石が、消えてなくなっていたのだ。

「たしかにここに……」

ぼうぜんとするわたしの肩をつかんで、女の子が髪をさかだてんばかりの迫力でせまってきた。

「あなた、わたしをからかったのね」

「そんな……」

あとずさろうとしたわたしは、ちょうど角になっている場所に追いこまれて、石垣に背中をぶつけた。

「みんなでわたしをばかにして……どうしてわたしのじゃまをするの？　わたしは、彼が好きなだけなのに……」

わたしは、つかみかかってくる彼女を直前でさけると、そのまま体を入れかえた。

今度は彼女が石垣を背にして、わたしをにらみつけてくる。

そして、ふたたびわたしにむかってこようとした瞬間、石垣から灰色の腕が何本ものびてきて、彼女の体をガシッととらえた。

女の子は目を見開いて、のがれようとしたけど、腕はまるで石でできてるみたいに、びくともしない。

よくみると、女の子の肩のところに、どくろの形をした石があった。

そのどくろが、わたしを見ながらニヤリと笑って、

「あなたもこっちにおいでよ」

といったかと思うと、腕がシュルシュルと、まるでへびのようにのびてきた。

わたしはその腕をふりはらうと、地面をけって、なんとかその場からにげだした。

さっきのベンチに座って、呼吸をととのえていると、しばらくして雄人がもどってきた。

「なにかあったのか?」

青い顔をしているわたしを見て、心配そうにきく雄人に、

「なんでもない」

わたしは首をふって、立ちあがった。

「そろそろ帰ろっか」

帰り道、雄人にきいた話によると、本の中ではどくろの石を見つけると大けがをするって書いてあったけど、学校では、どくろの石に見つかると、どこかにつれていかれてしまうという噂が広まっているらしい。

「まあ、ただの噂だけどな」

そういって、雄人は笑った。

「だって、ほんとにつれていかれるんだったら、だれがその話を伝えるんだよ」

「それは――」

あぶないところでにげきったただれかじゃないかな、という言葉をのみこんで、わたしは無言で肩をすくめた。

雄人と別れてお寺に帰ったわたしが、塾にそなえて、軽くお茶づけを食べていると、

「母さんは、今日は無理みたいだな」

テーブルのむかいでお茶を飲みながら、おじいちゃんがすまなさそうにいった。

「さっき電話があってな……仕事が終わらなかったそうだ」

「そっか……仕事じゃ、しょうがないね」

わたしは笑ってみせた。覚悟はしてたけど、やっぱりちょっとさびしい。

「あ、そうだ」

わたしは、おじいちゃんが留守の間に、お墓参りにきた男の人と、のこされていた本の話をした。

「山岸さんねえ……ちょっと、おぼえがないなあ」

おじいちゃんは顔をしかめて首をひねった。

「あとで過去帳を調べてみるかな」

お寺には過去帳といって、昔からの檀家さんの名簿が、ずっととってある。

戸籍制度ができる前は、それが戸籍のような役割をしていたらしい。

「ねえ、おじいちゃん」

わたしはお漬ものに箸をのばしながらいった。

「もち主が見つかるまで、わたしが本をあずかっててもいい？」

「まあ、かまわんだろう。そんなにおもしろいのか？」

おじいちゃんにきかれて、わたしはあいまいに笑った。

本を読みはじめてから、本の内容に似たことがじっさいに起こっている気がする。

それが、話の内容が現実になっているのか、それとも現実に起こることを本が予言しているのかはわからなかったけど、とにかく続きが気になった。

食事をすませて、おじいちゃんに駅まで車で送ってもらうと、ちょうど電車がホームに入ってくるところだった。

電車にのりこんだわたしは、座席に座ると、『灰色の本』を開いて、続きを読みだした――。

第五話　地下道

カツーン……カツーン……

地下道の途中ですれちがった、女の人のヒールの音が、コンクリートの壁に反射して大きくひびいている。

由佳はちょっとふりかえってから、足を早めた。

片側三車線の、大きな幹線道路の下を通る地下道は、つくられてからずいぶんたつせいか、壁にはしみがうきあがり、電気はきれかけて、ところどころ点滅している。

うす暗くてじめじめしているので、由佳もあんまり利用したくはないんだけど、ここを通らないと、かなり遠まわりをしないといけないのだ。

早足で歩いていた由佳は、まん中をすぎたあたりで、人の気配を感じて足をとめた。

前後を見わたしても自分以外だれもいないのに、すぐそばからだれかにじっと見られているような気がする。

びくびくしながら顔をむけて、由佳はホッと胸に手をあてた。

「なんだ、ただのしみか……」

地下水がしみだしているのか、灰色の壁に、黒っぽいしみがうきでていて、それがまるで人の形のように見えたのだ。

ふたたび歩きだしながら、由佳はクラスの友だちが話していた、ある噂を思いだした。

それは、この地下道のどこかに、呪われたしみがあるというものだった。

そのしみは女の子のすがたをしていて、ふだんは両手をおろしているんだけど、たまに手まねきしていることがあって、それを見てしまうと、呪われるらしい。

まさかね――苦笑いをうかべながら、チラッと壁に目をやった由佳は、スッと背筋が冷たくなった。

けっこう歩いてきたはずなのに、さっきのしみが、すぐとなりにあったのだ。

きっと、よく似たべつのしみだ。怖いと思ってるから、まるでしみが追いかけてくるような気がするんだ――自分にそういいきかせながら、由佳はさらに足を速めた。

だけど、どれだけ歩いても、人型のしみはぴったりとついてくる。

しかも、その右手がだんだんとあがってきているような気がして、声にならない悲鳴をあげながら、由佳はついに走りだした。

すぐ目の前に、地下道の出口が見える。

安心して、速度をゆるめた由佳の目の前に、しみと同じまっ黒な人かげがとつぜんあらわれて、手まねきするように右手をゆらゆらと……。


「あれ？」

地下道の途中で、髪の長い女の子が、壁のしみを指さして、つれの子に声をかけた。

「ねえ。これ、ひとりふえてない？」

「ほんとだ」

ショートカットの女の子がうなずいた。

そこには、人の形をしたしみがふたつ、よりそうように並んでいた。

しかも、片方の手が、もう片方の腕にのびていて、まるでにげないようにつかまえているみたいだ。

「こっちの人、泣いてるみたい」

ショートカットの女の子がいった。

たしかに、腕をつかまれているほうのしみの、ちょうど目のあたりに、涙のように水滴がうかんでいた。

「まさか」

髪の長い女の子が、笑って歩きだす。

「ほら、いくよ」

「待ってよ」

遠ざかっていくふたりのうしろすがたを見送りながら、壁のしみから、ツツーッ、と水滴がこぼれ落ちた。

「タ……スケ……テ……」

了

読み終わるのと同時に、電車が駅について、わたしは本を閉じた。

改札をぬけて、塾へとむかう。

ところが、しばらく歩いているうちに、道をまちがえたらしいことに気がついた。

どうやら、駅をでるときに、反対側の出口からでてしまったみたいだ。

わたしはいそいで駅にもどった。

塾のある東口にいくには、地下道を通る必要がある。

さっきの話が頭をよぎりながら、わたしは階段をおりて、地下道を歩きだした。

わたしのほかに、人かげはない。

それなのに、だれかの視線を感じるような気がして、わたしはおそるおそる壁のほうをむいた。

だけど、さっきの話にでてきたような、人の形をしたしみは見あたらなかった。

ホッとして、視線を落としたわたしは、ギョッとして足をとめた。

地下道の床に、人がうつぶせになったような形のしみがあって、その手がわたしの足をつかもうとしていたのだ。

わたしはとっさに、そのしみを思いきりふんづけた。

ギャッ、という声がきこえたような気がしたけど、わたしはふりかえらずに、地下道から走ってにげだした。


塾が入っているビルにようやくたどりついたのは、授業がはじまる十分前だった。

塾はビルの五階にある。

エレベーターにのって、⑤のボタンを押したわたしは、しまりかけのドアに、スッとさしこまれた手に、思わず「きゃっ！」と悲鳴をあげた。

ドアがもう一度あいて、髪の長い女の子がのりこんでくる。

「どうしたの？」

不思議そうな顔をむける女の子に、

「ごめんなさい。なんでもないの」

わたしはあわてて手をふって、〈閉〉のボタンを押した。

事務室で体験用のテキストを借りて、指定された教室に入ると、一番うしろの席にさっきのエレベーターの女の子が座っていた。

「さっきはごめんね」

ちょうどあいていたとなりの席に腰かけながら、わたしが話しかけると、

「わたしはべつにいいけど……なにかあったの？」

女の子は眉をよせて、ちょっと心配そうにきいてきた。

「じつは……」

信じてもらえないだろうけど、と前置きをして、わたしが地下道での体験を話すと、

「あの地下道は、幽霊がでるっていう噂があるからね」

女の子はあっさりとうなずいた。

「え？　そうなの？」

わたしはおどろいた。

彼女によると、いまから十年ほど前、あの地下道で女の子が通り魔に殺されるという事件があったらしい。

「犯人はつかまったんだけど、その子のうらみが、あの地下道にのこってるらしいよ」

そういえば、地下道も灰色をしていたな、と思いながら、わたしがカバンから『灰色の本』をとりだすと、

「それ、なんの本？」

女の子が、わたしの手元を見てきいてきた。

「怪談の本なんだけど……」

わたしが、この本を読みだしてから、おかしなことが続くような気がするの、というと、

「もしかして……」

　女の子は真剣な顔でつぶやいた。

「死んだ人と会う方法がのってる不思議な本があるってきいたことがあるの。その本の名前に、たしか色が入っていたような……」

「死んだ人と……？」

　わたしはあらためて本を見なおした。

　そういえば、本の中に、この世とあの世のはざまは灰色をしている、という話があったような気がする。

「ただ、本のどこかにその方法が書いてあるのか、それとも最後まで読めば死んだ人と会えるのか、くわしいことまではわから

ないんだけど……」

女の子は続けてそういった。

もしそれが本当なら、この本を読めば、お父さんと会える方法がわかるかもしれない――。

真剣な顔で考えこんでしまったわたしを見て、

「あの……噂だからね」

女の子が上目づかいにそういったとき、チャイムがなって先生が入ってきた。

授業はまあまあレベルが高くて、それ以上、となりの子とおしゃべりする機会はなかった。

とりあえず今日は体験授業をうけてみて、来週から正式に受講するかどうかはお母さんと相談することになっている。

授業が終わり、テキストを事務室にかえして教室にもどると、女の子はすでに帰ってしまっていた。

まあ、この塾に通うことになれば、また会えるだろうし……。

ビルをでると、すっかり陽はくれていて、夜風が少し冷たかった。

念のためにもってきたカーディガンをはおると、今度はまようことなく駅へとむかう。

駅につくと、うまい具合に電車がきたので、わたしは座席に座って、さっそく本を開いた。

第六話　ちがうじゃねえか

「おそくなっちゃったな」

恵子が電車をおりて駅をでたときには、もう最終のバスもでてしまっている時間だった。

塾が終わってから、友だちとコンビニでおしゃべりしていて、すっかりおそくなってしまったのだ。

中学生の恵子に、タクシーにのるお金はない。しかたなく、家まで歩くことにした。

家までは、いそいで歩けば十五分くらいだ。

シャッターのおりた駅前の商店街をぬけて、大通りぞいを歩く。

歩道橋をわたって、住宅街に入ったところで、恵子は灰色のパーカーをきてフードをかぶった不審な男が、自分のうしろからついてきていることに気がついた。

ためしに恵子が足を速めると、男も速足になる。

家に連絡しようにも、携帯はゲームのやりすぎで充電切れだった。

どうしようかと思っていると、前方に電話ボックスがあるのが目に入った。

恵子はうしろを気にしながら、ボックスに入って、家に電話をかけた。

ところが、よびだし音がなるばかりで、だれも電話にでない。

受話器をにぎりしめてうしろをふりかえると、灰色のパーカーの男が、すぐそこまでせまっている。

早くでて——恵子はいのるような思いで、受話器をもつ手に力をこめた。そして、

「——はい、もしも……」

ようやく受話器があがって、お母さんの声がきこえた瞬間、うしろのドアがあいて、恵子は電話ボックスの外にひきずりだされた——。


ガクン、と座席からずりおちそうになって、恵子は目をさました。

え？　と思っているうちに、電車が速度を落として、駅のホームにすべりこむ。

どうやら、夢だったみたいだ。

ホッとしながら、恵子はカバンをだきかかえるようにして電車をおりた。

改札をでたところでふりかえると、灰色のパーカーをきた男が、うしろからついてくる。

まさかと思いながらも、商店街の手前で電話ボックスを見つけた恵子は、中に入って家に電話をかけた。

「はい、もしもし」

お母さんは、一回目のコールですぐにでてくれた。

「お母さん？　いまから駅前までむかえにきてくれない？」

「ちょうどおふろに入ろうとしてたんだけど……」

「お願い！　なんか、変な人がついてきてるの」

「え？　そうなの？」

お母さんの口調が変わる。

「わかったわ。すぐにいくから、明るいところで待ってなさい」

恵子が受話器を置くと、灰色のパーカーの男が、すぐ近くまでせまっていた。

恵子は電話ボックスをとびだして、駅のほうに走った。

駅前で息をついていると、灰色の男が近づいてきて、すれちがいざまにおしころした声でこういった。

「夢とちがうことするんじゃねえよ」

——ゾッとした瞬間、目がさめた。

「え?」

電車が速度を落として、駅のホームにすべりこむ。

「いまの も夢だったの?」

混乱しながらも、恵子はカバンをかかえて電車をおりた。

改札をでたところでふりかえると、灰色の男がついてくる。

だんだんきょりがちぢまってるみたいだ。

恵子は足を速めて、夢で見た電話ボックスにとびこんだ。

いそいで家に電話をかけようとしたけど、どういうわけか、電話がつながらない。

不思議に思ってよく見ると、電話線がすっぱりときられていた。

ぼうぜんとしている恵子の背後で、電話ボックスのドアがあいて、灰色のパーカーの男がナイフを手に、怖い顔でいった。

「夢とちがうことするんじゃねえっていってるだろ」

ちょうど読み終わったところで、電車は駅に到着した。

駅をでたところで、なにげなくうしろをふりかえると、話にでてきたのと同じ、灰色のパーカーにフードをかぶった人かげが、改札をでるのが見えた。

わたしは、足を速めて駅前のロータリーを横ぎると、電話ボックスにかけこんで、おじいちゃんに電話をかけた。

「あ、おじいちゃん？　いま、駅についたんだけど……」

ところが、おじいちゃんはのんびりした口調で、

「すまんな。つい、晩酌しちまったんだ」

とかえしてきた。

「えー」

わたしは悲鳴をあげた。

このあたりはバスも早くに終わるし、もちろんタクシーにのるお金もない。

お寺までは暗い道が続くし、歩いたらたぶん一時間以上かかるだろう。

「それじゃあ、どうやって帰るの？」

うしろをふりかえると、灰色の人かげがボックスのすぐ外に立っていた。

ドアがガチャガチャとはげしく音を立てる。

外からとっ手をひっぱって、あけようとしているのだ。

わたしはとっさに、ドアに体を押しつけて、あかないように中から押さえた。

さっき読んだ怪談では、ここで目がさめていたけど、これはたぶん夢じゃない。

「おじいちゃん、早くむかえに……」

わたしが受話器をにぎりなおしたとき、力がゆるんだのか、ドアがあいて、ボックスの中に手がのびてきた。

その手が、わたしの肩をがしっとつかむ。

本で読んだ話と展開がちがう、と思ったわたしが、思わず、

「話とちがうじゃない！」

とさけびながら、ドアを押しかえしたとき、

「にげて！」

フードの下から、かんだかい女の子の声がきこえてきた。

「え？」

一瞬動きのとまったわたしの腕を、声の主がつかんでボックスからひきずりだす。

もつれあうようにして、道の反対側にたおれこむのと同時に、道のむこうからゆっくりとバックしてきた車が歩道にのりあげて、電話ボックスにぶつかった。

そのはげしい音に、駅のほうから人が集まってくる。

わたしが腰をぬかして座りこんでいると、

「あー、あぶなかった」

フードの下から、さっきの塾の女の子が顔をだして、大きく息をはきだした。

「あの道はあぶないの。ゆるい坂になってるみたいで、前にも、サイドブレーキを忘れた車がつっこんだことがあって……」

わたしは大きく横だおしになった電話ボックスを見た。

あと少しにげだすのがおそかったら、わたしもあの中に……。

いまになって、血の気がひいてきたわたしは、あらためてお礼をいった。

「ありがとう」

女の子は明るく笑って「いいの、いいの」とわたしの肩をたたいた。

「わたしこそ、おどかしちゃってごめんね。駅で見かけて、声をかけようとしたら、どんどんにげていっちゃうから……」

「ごめんなさい」

わたしは小さくなって頭を下げた。

「でも、けががなくてよかった」

にっこりほほえむ彼女に、わたしが名前をきこうとしたとき、
プッププー
リズムよく、クラクションをならす音がした。

「あ、お父さんだ」

女の子は立ちあがると、

「それじゃあね」

明るく手をふって、立ち去っていった。

車にのりこむ直前、もう一度こちらをむいて、手をふる女の子に、わたしは大きく手を

ふりかえした。

「それはすまんかったなあ」

すっかりできあがって、顔をまっ赤にしたおじいちゃんは、わたしの話をきいて頭をかいた。

「わしが酒を飲まんとむかえにいってたら……」

「そうですよ。檀家さんから、好きなお酒をいただいたからって……」

おばあちゃんが、苦笑まじりにおじいちゃんをにらむ。

「いいよ。けがはなかったんだし」

わたしは笑って、おいしそうなてんぷらに箸をのばした。

あの事故のあと、むかえにきてくれたおばあちゃんの車でお寺に帰ったわたしは、まだ晩酌を続けていたおじいちゃんと、三人で食卓をかこんでいた。

「それで、塾はどうだったんだ？」

おじいちゃんにきかれて、わたしはちょっと考えてから、首を縦にふった。

「いってみたい」

「そうか、そうか」

おじいちゃんは、にこやかにうなずいた。

「まあ、ひっこしのことは、ゆっくり考えればいいから」

「うん。あ、そういえば、山岸さんのお墓のことはわかった？」

「それがなあ……」

おじいちゃんは、すっぱいものでも飲んだような顔になった。

「記録にないんじゃよ」

「え？」

わたしは目を丸くした。

「そんなことってあるの？」

「墓石があるなら、過去帳にのってないわけはないんじゃがなあ……」

おじいちゃんはしきりに首をひねっている。

「明日、もう一度、古い過去帳を調べてみるよ」

「それじゃあ、この本、もうしばらくあずかっててもいいかな？」

わたしが『灰色の本』を見せると、おじいちゃんはスッと目を細めて、本をじっと見つめていたけど、やがて表情をやわらげて、

「まあ、ええやろ。ただし、なんかこまったことがあったら、すぐに相談するんやぞ」

くぎをさすようにそういった。


おふろからあがってパジャマに着がえると、ぎしぎしとなるろう下を通って、わたしは庫裏の奥にある和室へとむかった。

ふだんは客間としてつかわれている部屋で、床の間には立派なかけじくがかざられ、ろう下に面したところは障子になっている。

障子をあけると、部屋のまん中に布団がしかれ、枕元には、夜中にのどがかわいたときのための、コップと水さしが置いてあった。

三年前までは、この部屋で、お父さんとお母さんと三人で布団を並べてねてたのに……。

こんな広い部屋にひとりでねていると、どうしてもお父さんのことを思いだしてしまう。

あれは、三年前の六月のことだった。

本当はその前の週、お父さんとふたりで買い物にいく約束をしてたんだけど、急な仕事が入って、いけなくなってしまった。

そのときは、仕事だからしかたがないとあきらめたんだけど、つぎの週末になると、お父さんは以前からの予定通り、山登りにいくといいだしたのだ。

山に登るには事前に計画書を提出しないといけないし、チームで登るので、そう簡単に予定を変更するわけにはいかないんだけど、そのときのわたしはそんなことは知らず、単純にわたしより山登りをとったんだと思ってしまった。

まだ子どもだったわたしは、すっかりすねてしまい、その日の朝早く、家をでようとするお父さんにむかって、

「もう帰ってこなくていいから！」

そんなひどい言葉をなげつけてしまったのだ。

まさか、滑落した友だちを助けようとして、命を落としてしまうなんて、思いもせずに……。

もし、一瞬でももう一度会える方法があるなら、あのときのことを謝りたい――。

いのるような思いで、わたしは布団の中で本を開いた。

第七話　ひとりかくれんぼ

「おー、なかなかいいじゃん」

いまにもくずれ落ちそうな廃屋を前にして、勇輝はうれしそうな声をあげた。

「ほんとにこんなところで撮るの？」

恭子はいやそうな顔で、Tシャツの半そでからのぞく両腕をこすった。

「まじで、なんかでそうじゃない？」

「わたしも、ここはちょっと……」

直美が不安げに眉をよせる。

「なにいってんだよ。だからいいんじゃねえか。なあ、浩介」

肩をくんでくる勇輝に、ぼくはあいまいにうなずいた。

大学の映画研究会に所属するぼくたちは、文化祭で上映する映画を撮るため、夏休みを利用して、ぼくの地元にある、幽霊がでるといううわさの廃屋へとやってきていた。

メンバーは、監督の勇輝と助監督兼カメラ係りのぼく、ヒロイン役の恭子、そして衣装や小道具担当の直美の四人。直美が一年生で、それ以外の三人は二年生だ。

今回の映画のテーマは、『ひとりかくれんぼ』だった。

ひとりかくれんぼというのは、有名な都市伝説の一種で、だれもいない家の中で、ある手順にそってぬいぐるみとかくれんぼをすると、かならずなにかが起きるといわれていた。

噂が本当かどうかはともかくとして、このテーマのいいところは、登場人物が少なくてすむし、予算もほとんどかからないということだった。

問題は撮影場所だったんだけど、ぼくが勇輝に、地元にある心霊スポットの話をしたことで、その問題も解決した。

この家は、住人がある日とつぜん消えてしまったらしく、ぼくが小学生ぐらいのときから、ずっと廃屋のままだった。

家族全員、強盗に殺されたとか、異次元に飲みこまれたとか、いろんな噂があったけど、結局いまだに真相はわかっていない。

「それじゃあ、さっそく撮影をはじめるぞ」

勇輝の号令に、ぼくたちは準備をはじめた。

ぼくが車から小道具をとりだして、カメラやライトをセッティングしていると、

「あれ？　おかしいなあ……」

直美が首をかしげながら、車の中をガサゴソとさぐりだした。

どうやら、肝心のぬいぐるみが見あたらないらしい。

「おいおい、ぬいぐるみなしで、どうやって撮るんだよ」

勇輝が腰に手をあてて、直美をどなりつけた。たしかに、ほかの小道具はなんとかなっても、ぬいぐるみだけはぜったいに欠かすわけにはいかない。

ぼくたちが三人がかりでさがしていると、

「ねえ。これ、つかえないかな？」

一足先に、廃屋に入って探検していた恭子が、ぼろぼろになった灰色のくまのぬいぐるみを手にもどってきた。

玄関に、まるでぼくたちをでむかえるように、ぽんと置いてあったらしい。

ずいぶんよごれていて、片目もとれかけているけど、座らせると体もまっすぐ立つし、十分につかえそうだ。

「このぬいぐるみは、やばいですよ。なにか、強い怨念を感じます」

直美が、ぬいぐるみをじっと見つめながらおびえた顔でいうけど、

「はいはい」

自称、霊感が強いという直美が怨念を感じるのはいつものことなので、ぼくたちは気に

せずに、撮影をはじめた。

「はい、スタート！」

勇輝の合図と同時に、デジカメを手にした恭子が廃屋の中に足をふみいれる。

ストーリーはこうだ。

アイドルをめざしている大学生の恭子は、投稿動画の再生回数をふやすため、ひとりかくれんぼを本物の心霊スポットでやることにする。

ところが、途中で思いもよらないできごとがつぎつぎと起こり……。

恭子はまず、じっさいの手順通りに、ひとりかくれんぼを進めていった。

ぬいぐるみのおなかをきりさいて、その中にお米と自分の爪をつめて、赤い糸でぬいあわせる。

それから、ぬいぐるみに名前をつけて——灰色なので、恭子は『グレイ』と名づけた——、

「最初の鬼は恭子」

と三回くりかえすと、水をはったふろ場にグレイをしずめた。

そして、いったん家中の電気を消してまわってから、またふろ場にもどり、

「グレイ見つけた」

といいながら、もってきた包丁でぬいぐるみのおなかを何回もさしたのだ。

(もちろん電気は通ってないので、電気を消すところは撮影用のライトの光量を落とすことで表現した)

恭子の演技はなかなかの迫力で、ぼくは息を飲みながら、ふろ場に包丁を置いて、塩水の入ったコップを手に、押入れにかくれる恭子を、カメラをもって追いかけた。

ひとりかくれんぼを終わらせるためには、塩水を口にふくみながら、のこりの塩水をぬいぐるみにかけないといけないらしい。

このあとは、押入れにかくれていた恭子が、しばらくしてからふろ場にもぐると、いつのまにかぬいぐるみが消えていて……となる予定だ。

もちろん、ぬいぐるみが自分で消えるわけはないので、ぼくたちが去ったあと、直美が

ふろ場からぬいぐるみを移動させる段どりになっていたんだけど……。

「ぬいぐるみはどこですか？」

ぼくたちが押入れのシーンを撮っていると、直美があわてた様子でとびこんできた。

「ふろ場だろ」

撮影を中断させられた勇輝が、不機嫌そうにいう。

「それが、ないんです」

直美は泣きそうな顔で、ぼくたちの顔を順番に見まわした。

「みんなでわたしをからかってるんじゃないでしょうね」

勇輝がこっちを見たので、ぼくと恭子は首をふった。

とにかく、みんなでふろ場に見にいってみると、たしかにぬいぐるみはどこにもなく、ぬれたものが移動したような跡が、家の奥にむかって続いていた。

せっかくここまで撮ってきたのに、あのぬいぐるみがないと、撮影が続けられない。

ぼくたちは二手にわかれてさがすことにした。

「ねえ……これも演出じゃないよね？」

あわてていたのか、塩水が入ったコップを手にしたままの恭子が小声でいった。

「ちがうと思うけど……」

ぼくは首をかしげた。

映画の撮影中に、小道具が本当にうごきだすというのは、ホラーではよくあるパターンだけど、勇輝がそんな気のきいた演出をするとは思えなかった。

「でも、それじゃあ本当に……」

恭子がいいかけたとき、勇輝たちがむかった先から、

「キャ――――ッ！」

直美のかんだかいさけび声がきこえてきた。

ぼくたちは顔を見あわせて、かけだした。

障子をあけて中にとびこむと、勇輝と直美が和室のまん中で、腰をぬかしたように座りこんでいた。

「どうしたんだよ」

ぼくがたずねると、勇輝はくちびるをふるわせながら、ふすまがあけられた押入れを指さした。なにげなく中をのぞきこんだぼくは、絶句して、その場にこおりついた。

押入れの中には、血だらけになった死体が何体も押しこめられていたのだ。

恭子も横でぼうぜんとしている。

ギシッ、という音に、反射的にカメラをかまえたままふりかえると、片目のとれかけたくまのぬいぐるみが、部屋の入り口に立っていた。

びしょぬれになったそのぬいぐるみは、きしんだような声で、

「見ィツケタ」

というと、目を光らせて、大きく包丁をふりあげ――

ギシッ、と小さな音がして、わたしは本を置いて顔をあげた。

障子(しょうじ)のむこうにはろう下があって、窓(まど)から月あかりがさしこんでいる。その月あかりが、障子に小さなかげをうつしていた。

それは本当に小さくて、ちょうどくまのぬいぐるみぐらいの大きさだった。

しかも、手にはなにか刃物(はもの)のようなものをもっているように見える。

まさか――と思いながらも、緊張(きんちょう)でのどのかわきをおぼえたわたしは、水さしから水をそそいで、コップを口元に運んだ。

そして、水をひとくち飲んだ瞬間(しゅんかん)、

「うえっ！」

その塩からさに、わたしははきだしそうになった。

水さしに入っていたのは、どういうわけか、塩水だったのだ。

しばらくせきこんだわたしが、ようやく落ちついて顔をあげたときには、障子からかげは消えていた。

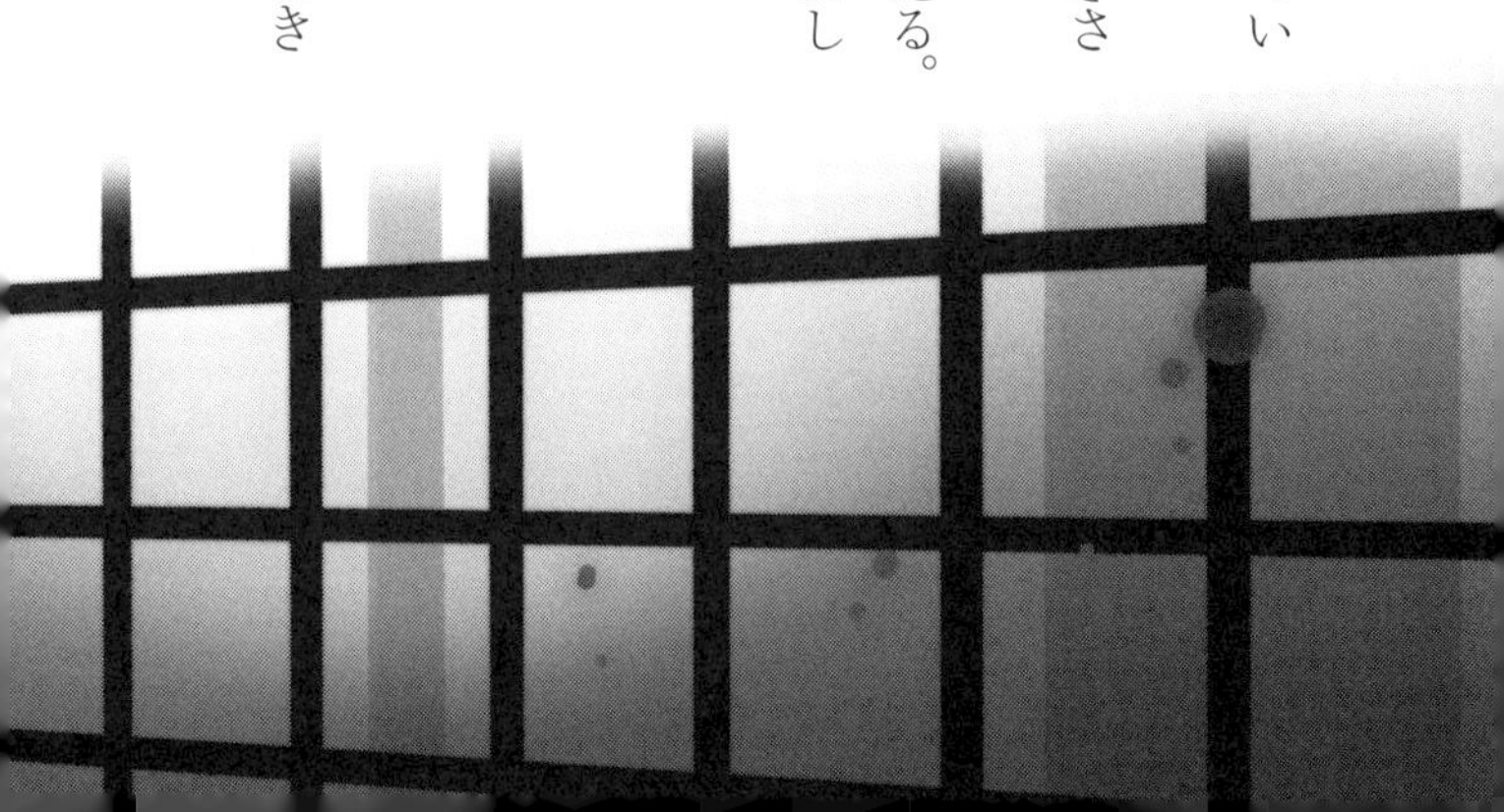

そういえば、さっき読んだ話の中に、ひとりかくれんぼを終わらせるときには塩水を口にふくむ、と書いてあったような……。

わたしは立ちあがると、思いきって障子をあけた。

同時に、ろう下のむこうで障子がパタンとしまる音がする。

おそるおそるのぞきこむと、音がきこえたのは、どうやら一番奥の部屋みたいだ。

そこは、いつもしまったままの部屋で、おじいちゃんからもあけたらだめだといわれていたので、わたしはひそかに「あかずの間」とよんでいた。

だけど、どうしても気になったので、わたしは奥まで進むと、その部屋の障子をそっとあけた。

家具のない、うす暗い部屋のまん中に、いろんなものがつみあげられているのが見える。

人形やぬいぐるみ、木彫りのクマに、中には仏像らしきものまであった。

そんな中、ちょうどさっきのかげにぴったりの大きさの、くまのぬいぐるみを見つけたわたしが、もっとよく見ようと部屋に入ろうとしたとき、うしろからスッと手がのびてきて、目の前でパタンと障子をしめた。

ふりかえると、ねまきすがたのおばあちゃんが立っていた。

「ここはあかんよ」

おばあちゃんは、にこにこ笑いながら、有無をいわせないきっぱりとした口調でそういった。

この部屋には、おじいちゃんにあずけられて供養を待っているものや、供養しきれなかったものたちが集まっている部屋らしい。

「ほら、早くねなさい」

わたしがあの部屋に入ろうとしたことを、どうして気づいたんだろう、と不思議に思いながらも、部屋にもどったわたしは、中断していた話の続きを読みだした。

文化祭の上映は大成功だった。

とくに、くまのぬいぐるみが包丁を手にとびかかってくる場面は、まるで生きているみたいだと、みんなに絶賛された。

ただ、どうやって撮ったのかという問いに、答えることはできなかった。

あのとき――

勇輝がきりつけられ、つぎにぬいぐるみがぼくにとびかかろうとしたとき、恭子が手にしていたコップの塩水を、とっさにくまにかけた。

頭から塩水をかぶったくまは、とたんにクタッとなって、その手から包丁がカタンと落ちた。

さらに直美が、塩水をつくったときののこりの塩を車からもってきて、くまにドバッとふりかける。そのあと、ぼくたちは塩まみれになったくまを、途中で見かけた小さなお寺にはこびこんで、住職さんに相談した。

年配の住職さんは、ぼくたちの話をきくと、しばらくむずかしい顔をしていたけど、

「わかりました。うちであずかりましょう」

そういって、ぬいぐるみをお寺の奥につれていった。

その後、くまのぬいぐるみがどうなったのかは知らない。

了

話を読み終えて、わたしはもう一度、さっきの部屋で見たくまのぬいぐるみのすがたを思いだした。

暗くてわかりにくかったけど、そういえば、片方の目がとれかけていたような気がする。

やっぱり、この本はふつうじゃないのだろうか。

だけど、ふつうじゃないほうが、あの女の子がいっていた「死んだ人と会う方法がのってる」という噂に真実味がましてくるし……。

そんなことを考えながら、わたしはいつのまにか、ねむりの中にひきこまれていった——。

「それじゃあ、事故の直前に目撃された人かげって、夏美だったのかよ」

目を丸くして、声をあげる雄人に、

「ほんとにあぶなかったのよ」

横だおしになった電話ボックスを思いだして、わたしはあらためて、ブルッと身ぶるいをした。

夏休み、二日目の朝。

空はペンキでぬったみたいに、くっきりとした青空が広がって、夏の陽ざしがようしゃなくてりつけている。

わたしと雄人は、青い実のなるみかん畑の間の道を、雄人の通う金城小学校にむかって歩いていた。

図書館が近くにないこの地区では、夏休みの間、週に二回、小学校の図書室が児童や地元の人たちに開放されている。

今日は、雄人が昨日の石像や石垣の歴史について調べにいくというので、わたしもつきあうことにしたのだ。

雄人は、昨夜駅前で事故があったことは知ってたけど、その現場にわたしがいたことは知らなかったらしい。

「あの女の子がいてくれなかったら、わたしもぺちゃんこになってたかも」

「あの女の子？」

わたしは、塾でいっしょだった女の子が、ぐうぜん駅前にいあわせて助けてくれたことを話した。

「あ、そうだ。もしかしたら、雄人の同級生かも」

塾の教室が同じだったから、六年生なのはまちがいないし、もより駅が同じなら、学校が同じ可能性も高いはずだ。

わたしが女の子の特徴を伝えると、

「――それなら、新条かもしれないな」

雄人はしばらく考えてから、そういった。

「新条さん？」

雄人はうなずいて、

「新条明日香。この春、うちの学校に転校してきたんだけど、髪は長いし、度胸はあるし、たしか塾にも通ってるっていってたから……」

「明日香ちゃんか……」

今度会ったら、お礼をいわなきゃ――そう思いながら歩いているうちに、学校の建物が近づいてきた。

わたしの通っている小学校に比べると、校舎も校庭も広いし、なにより圧倒的に空が広い。

まわりに高い建物がないので、遠くの山までずーっと見わたせるのだ。

雄人がインターホンを押して、クラスと名前をつげると、正門の横にある通用門のロックがあいた。

門をくぐると、入ってすぐ右手には花だんがあって、まっ赤なサルビアや、背の高いひまわりがきれいな花をさかせている。

ピロティをぬけると、グラウンドではげしい砂ぼこりをあげながら、男子たちがサッカーをやっていた。

その中のひとりが、雄人を見つけて、こちらに大きく手をふった。

「おーい、雄人。こっちに入れよ」

「だめだめ。いまから図書室にいくんだから」

雄人の答えに、どっと笑い声が起きる。

「わかったから、早く入れって。ひとりたりないんだよ」

どうやら、図書室にいくというのが、冗談と思われたようだ。

「えーっと……」

なにかいいたそうな顔で、わたしを見る雄人に、

「いいよ。いってきたら」

わたしは笑って、ポン、と肩を押した。

「ごめん。じゃあ、ちょっとだけ」

いうが早いか、ゴール前でもつれあう集団の中に、全速力でかけこんでいく。

わたしは苦笑しながら、ピロティを通って、校門の前にもどった。

花だんの反対側、校門から見て左側は、松の木や大きな石が配置された庭園になってい

る。

校舎のまわりは、一メートルぐらいの幅で、校舎にそって舗装されてるんだけど、その中に一か所、おかしな場所を見つけて、わたしは足をとめた。

ちょうど一メートル四方の正方形ぐらいの大きさに、コンクリートが何度もぬりかさねられたみたいにもりあがっている。

しかも、その正方形をかこむようにして、〈立入禁止〉と書かれた紙がはられたコーンが置いてあったのだ。

なんだろう――わたしがコーンの間から、中をのぞきこもうとしたとき、

「そこはあぶないよ」

すぐうしろから声がした。

ふりかえったわたしの目の前に立っていたのは、昨日助けてくれた、あの女の子だった。

「また会ったね」

にっこり笑う女の子に、

「もしかして……新条明日香ちゃん？」

わたしがよびかけると、女の子——明日香ちゃんは、おどろいたように目を丸くした。

「どうして知ってるの？」

「さっき、中西くんにきいたから……」

「中西くんと知り合いなの？」

わたしは、お母さんの実家が仁隆寺で、夏休みや冬休みのたびに遊びにきているのだと説明した。

「へーえ、仁隆寺さんのお孫さんなんだ」

感心したようにいう明日香ちゃんに、

「それより、どうしてここはあぶないの？」

とわたしはきいた。

「まだコンクリートがかわいてないとか？」

「それはね……」

明日香ちゃんは、意味ありげに声をひそめていった。

「その下には、井戸が埋まってるから」

「井戸？」

「うん」

明日香ちゃんの話によると、この場所には昔、大きなお屋敷があって、たくさんのお手伝いさんが働いていたらしい。

ところがある日、新しく入ったばかりの若い女の人が、主人の大切にしていた皿をわってしまった。

主人ははげしく怒り、せめぬいたあげくに、女の人を殺してしまった。

そして、そのことをかくすために、死体を井戸になげこんだ。

すると、その日から毎晩、主人をうらむ悲しげな声が、井戸の底からきこえてくるようになり、主人は病気になって、とうとう死んでしまった。

「――その後、学校が建つことになって、井戸は埋められたんだけど、埋めたはずの井戸から声がきこえるっていう噂が流れて、ここだけ何度もコンクリートをぬりなおしたの。それでも、上に人が立つと声がきこえるから、立入禁止にしたんだって」

「へーえ」

「それより、今日はどうしたの？　学校の見学？」

わたしが、雄人につきあって図書室にきたのだというと、

「それじゃあ、わたしが案内してあげる」

そういって、先に立って歩きだした。

立ち去る直前にふりかえると、コンクリートの四角のまん中に、赤いしみのようなものが、じわりと広がるのが見えた。


「明日香ちゃんは、この春に転校してきたんだよね？　転勤かなにか？」

ろう下を並んで歩きながら、わたしがなにげなくたずねると、

「お父さんとお母さんが離婚しちゃったの」

明日香ちゃんは明るくいって肩をすくめた。

「だから、お父さんの実家にひっこしてきたの」

「あ、ごめん」

わたしは両手をあわせた。

「なにが？」

「だって、あんまりいいたくない話だったかな、と思って……」

「大丈夫。わたし、いいたくないことはいわない人だから」

明日香ちゃんは、笑顔でわたしの肩をたたいた。

「そうなんだ。わたしはね……」

その笑顔につられて、自然に顔がほころんだわたしは、気がつくと自分の家のことを話していた。

ひっこしの話がでていることは、同じクラスの子でも、なかなか話すことができないんだけど、明日香ちゃんにはなぜか、安心して話すことができた。

ときおりあいづちをうちながら、だまって話をきいていた明日香ちゃんは、わたしが話し終わると、

「よかったら、夏美ちゃんもこっちにひっこしてこない？　わたしも最初は不安だったけど、自然がいっぱいだし、おもしろそうなところもいっぱいあって、楽しいよ」

そういって、わたしの顔をのぞきこんだ。

「雄人もそういうんだけど……」

わたしが口をとがらせると、

「ふーん……」

明日香ちゃんは、なぜかにやにやと笑った。

「なに?」

「べつに」

明日香ちゃんは、フフッとふくみ笑いをすると、

「図書室は、このろう下をまっすぐいったつきあたりだから」

そういって、手をふりながら、いまのぼったばかりの階段をおりていった。

「あ、うん。ありがとう」

美術クラブに所属している明日香ちゃんは、今日は課題をするため、自主的に登校してきたのだそうだ。

明日香ちゃんの小さな背中が、階段の手すりのむこうに消えるのを見送ると、わたしは

ろう下を進んで、両開きの重たいとびらをあけた。

雄人から、金城小は創立百年近くたっているときいていたので、もっと古くて暗い感じの図書室を想像していたんだけど、入ってみると窓も広くて、明るい雰囲気だった。

地元の人にも開放されているせいか、部屋には子どもだけではなく、大人やお年よりもたくさんいて、学校の図書室というより、地元の図書館という感じだ。

わたしは窓から雄人たちの様子をながめると、そのまま窓際の席に座って、『灰色の本』をとりだした。

つぎの話が、さっき明日香ちゃんからきいた話を連想させるようなタイトルだったのだ。

第八話　踏んではいけない

おれが通っている小学校には、一か所だけ、ぜったいに踏んではいけないといわれている場所がある。

それは校長室の窓の下で、校舎にそってコンクリートがしかれている中、なぜかそこだけが何重にもぬりかためられて、〈立入禁止〉と書かれたコーンでかこまれているのだ。

担任の吉岡先生によると、その場所にはもともと井戸があって、長い年月の間で地下水がしみだしてきたので、上からコンクリートを何回もぬりなおしているのだそうだ。

しかも、底のほうにはまだ地下水がたまっていて、いつ陥没するかわからないから、立ち入り禁止にしているらしい。

放課後の教室で日誌を書きながら、日直当番の珠美とそんな話をしていると、

「でも、本当はちがうらしいよ」

珠美が声をひそめていった。

「ちがうって、どういうことだよ」

「お姉ちゃんにきいたんだけどね……」

珠美には五つ上のお姉ちゃんがいて、この学校の卒業生なので、学校の事情にはやたら

とくわしい。

「その井戸には、昔、主人が大切にしていたお皿をわった罪をきせられて、ひどくせめられたお手伝いの女の人が、主人をうらむ言葉をのこしながら身をなげたことがあるんだって。それ以来、夜になると、お皿を数える声が一まーい、二まーい……」

「ばーか」

おれは日誌で、珠美の頭をコツン、とたたいた。

「それって、有名な怪談だろ？　こないだ、テレビでやってたぞ」

「ばれたか」

珠美は頭をなでて笑った。

「でもね、井戸になにかいるのは本当よ。だって、こんな話がのこってるんだから……」


いまから十年以上前のこと。

図書委員のＴくんは、本のかたづけに夢中になって、すっかり帰りがおそくなってしまった。暗くなりはじめた学校から、いそいで帰ろうと校門にむかっていると、

「おーい……」

どこからか、かぼそい声がきこえてきた。

Ｔくんは足をとめてあたりを見まわしたけど、自分以外に人かげはない。

空耳かな、と思って、Ｔくんがふたたび歩きだそうとしたとき、

「おーい……助けてくれ……」

今度は、さっきよりもはっきりとした声がきこえてきた。

Ｔくんが耳をすませて、あたりをさがすと、

「ここ……ここだよ……」

声が、校長室の窓の真下からきこえてきた。

そこは、昔井戸があったといわれているところで、いまは井戸も埋められ、コンクリートで舗装されている。

まさかと思いながらも、声がしたほうに近づくと、とつぜんビシッとコンクリートがひびわれて、中から青白い二本の手がとびだしてきた。

「うわあっ！」

Ｔくんはにげようとしたけど、手はそれよりも早く、Ｔくんの足首をつかまえた。

そして、そのまま、われ目の中にひきずりこもうとした。

ずるずるとひきずられていくＴくんが、必死で助けをもとめていると、

「どうしたんだ！」

悲鳴をききつけた先生がかけつけてきた。

そして、地面からのびる手におどろきながらも、Ｔくんの腕をひっぱって、なんとか助けだした。

「――そんなことがあって、コンクリートを上から何度もぬりかさねたんだけど、それで

もいまだに声がきこえてくることがあるから、立入禁止にしたらしいよ」

珠美はそこで言葉をきって、おれの顔をのぞきこんだ。

「ね？　怖いでしょ？」

「全然」

おれは首をふった。

「どうせそれも、あの場所に入らないように、先生が考えたつくり話だろ」

「そんなことないって」

珠美はほおをふくらませた。

「そんなにいうなら、いまから試してみる？」

「ああ、いいよ」

おれたちは、日誌を職員室にとどけると、校長室の前にむかった。

校長先生はもう帰ったのか、部屋の中はまっ暗だ。

「ねえ……」

ふりかえると、珠美が泣きだしそうな顔で、こちらを見つめている。

「やっぱり、やめておかない？」

「ここまできて、なにびびってんだよ」

おれは笑って、立入禁止の部分に、両足で勢いよくとびのった。

うしろで、ヒュッと息をすいこむ音がきこえる。

おれもいちおう緊張しながら待ってみたけど、地面が陥没することも、コンクリートがわれることもなかった。

「ほら、だから……」

いっただろ、といいながら、ふりかえろうとしたとき、なにかの気配を感じて、おれは頭上を見あげた。

屋上の柵の外に、小さな人かげが見える。

え？　と思うまもなく、人かげはふらりとかたむいて、まっすぐおれのところに落ちてきた。

女の人の顔が、すごい形相で近づいてくる。

「うわ――――っ」

ぶつかる！　と思った瞬間、おれの意識はふっと遠のいた。


気がつくと、保健室のベッドの上だった。

「気がついた？」

いすに座っていた保健の先生が、くるりとこちらをふりかえる。

「あ、はい。えっと……」

おれはベッドの上に体を起こして、まわりを見まわした。

「ああ、あの女の子なら、おそくなりそうだったから、先に帰らせたわよ」

「あ、そうですか」

校長室の窓の下で、とつぜん気を失ったおれを見て、珠美が保健室まで先生をよびにいってくれたようだ。

「それにしても、どうしてこんな時間に、あんなところにいたの？」

「それが……」

おれは、教室での珠美とのやりとりから、じっさいにおれが体験したできごとまで、順番に説明した。

先生は、しばらく腕をくんで考えこんでいたけど、やがて、

「これは、生徒には秘密なんだけどね……」

そう前置きをして、すっかり暗くなった窓の外を見ながら、こんな話をはじめた。

いまから十年前、ある女の先生が、屋上からとびおり自殺をするという事件がおこった。

学校は休みだったので、生徒には知られずにすんだけど、とびおりたところには赤黒い血の跡がのこった。

そこで、上からコンクリートをぬりなおしたが、どういうわけか、何度ぬりなおしても、しばらくしたら血の跡がうかびあがってくる。

「――そのうちに、どうやらあの場所にだれかが立つと、屋上から人かげが落ちてきて、血の跡がうかぶらしい、ということがわかってきたので、生徒が立ち入らないように立入禁止にしたのよ」

先生は眉をよせて、ため息をついた。

「そうだったんですか……」

おれは、さっき目にした女の人のおそろしい形相を思いだして、あらためて身ぶるいをした。

そして、ふと思いついてきいてみた。

「その先生は、どうしてとびおりたりしたんですか？」

「それはね……好きな人に裏切られたから……」

そういって、こちらをむいたのは、屋上から落ちてきた顔だった。

了

読み終わって、わたしはさっき目にした、赤いしみを思いだした。

もしかしたら、あれは——。

それにしても、これだけ内容がかさなるところをみると、この本の作者はきっとこの町の出身者なのだろう。

もしかしたら、この学校の卒業生かもしれない。

わたしは深呼吸をしてから、さらにページをめくった。

第九話　墓標

これは、わたしが通う中学校の話です。

わたしは学校で水泳部に入っています。

うちの水泳部はけっこう強くて、学校も力を入れているので、専用のロッカールームがあって、部員には高さ百八十センチくらいの灰色のロッカーが、ひとりひとつずつわりあてられています。

ある日、わたしは練習前のロッカールームで友だちと、つかい捨てカメラで写真を撮って遊んでいました。

家の人がつかっていたカメラのフィルムが、何まいかのこってしまったので、それを撮りきってしまわないと現像にだせないというのです。

なにを撮ろうかと、友だちともりあがっていると、

「あれ？　おっかしいなあ」

大きな声と、バンバンバン、とロッカーをたたく音がきこえてきました。

なんだろうと思って見ると、三年生の美緒先輩が、自分のロッカーのとびらをたたいています。どうやら、とびらがこわれてしまったようです。

先輩はすきまなくならぶロッカーを見わたしましたが、部員はいっぱいで、ロッカーの

空きはありません。

どうするのかな、と思っていると、

「しょうがない。今日は、これを借りとくか」

先輩はそういって、一番奥にあるロッカーの前に立ちました。

それを見て、わたしは（あれ？）と思いました。

そのロッカーには、わたしが入部したときからずっと、〈使用禁止〉のはり紙がはられていたからです。

「ちょっと、美緒。なに考えてるのよ」

ロッカールームがざわついて、先輩たちがとめに入ります。

「あの……それ、こわれてるんじゃないんですか？」

わたしが不思議に思ってきくと、先輩のひとりが重い口を開きました。

先輩の話によると、このロッカーはあかずのロッカーとよばれていて、わたしたちが入学する何年も前に、このロッカーをつかっていた部員が、クラスでいじめにあって自殺するというできごとがあったのだそうです。

それ以来、このロッカーの前に死んだはずの女の子が立っていたとか、ロッカーをあけると血だらけの女の子がたおれこんできたとか、そんな噂が続いたので、先生が使用禁止にしたというのです。

だけど、美緒先輩は豪快に笑いながら、

「そんなの、ただの噂だって」

といって、いきおいよくロッカーを開きました。

一瞬、ロッカールームに緊張が走りましたが、ロッカーの中はからっぽで、なにかがでてくる様子もありません。

「ほらね」

美緒先輩は勝ちほこったように胸をはりました。

そして、つかい捨てカメラをもっていたわたしの友だちに、

「ねえ、一まい撮ってよ」

というと、ロッカーの前でポーズを撮って、記念写真をとりました。

　その日の夜、部の連絡網で、わたしは先輩の死を知らされました。

　練習が終わって、学校をでた先輩は、なぜか家とは全然ちがう方向にある踏みきりで、電車にはねられて亡くなったのです。

　その踏みきりは、あのロッカーをつかっていた女の子が、とびこみ自殺をした踏みきりでした。

　先輩のお葬式の帰り道、わたしは友だちによびとめられました。

　あの日、ロッカールームで撮った写真を現像したんだけど、どうすればいいか、相談にのってほしいというのです。

「やっぱり、ご家族にわたしたほうがいいんじゃない？」

　写真を撮ったのは、亡くなる数時間前のことなので、先輩の最後の写真ということになります。

だけど、友だちは暗い顔で、

「こんな写真でも……？」

といって、一まいの写真をさしだしました。

それを見て、わたしは路上に立ったまま悲鳴をあげました。

にっこり笑う先輩のとなりには、ロッカーではなく、大きな墓石がうつっていました。

了

墓石と並んで記念写真を撮っているところを想像して、ゾクッとしたわたしが顔をあげると、意外な人物が目に入った。

「あ……」

わたしが思わず声をあげると、その人物もこちらをむいて、おや？　という顔を見せた。

それは昨日、わたしが留守番をしていたときに、お墓参りにきた男の人だった。

男の人は、手にしていた本を棚にもどすと、こちらにやってきた。

「ここの生徒さんだったんだね」

「あ、いえ、わたしは……」

わたしは、自分がお寺の孫で、夏休みの間だけ遊びにきているのだと説明した。そして、

「あの……山岸さん、ですよね？」

ときくと、

「あれ？　どうして知ってるの？」

男の人――山岸さんは、目を丸くした。

わたしは、昨日、山岸さんが帰った直後に、〈山岸家乃墓〉の前で花と本をみつけたことを話した。

「それが、この本なんですけど……」

わたしが本をさしだすと、

「たしかにお墓参りはしたけど、本には気づかなかったな……」

山岸さんはそういいながら、本を手にとってながめた。

「そうですか……」

わたしは肩を落とした。

たしかに、墓石とよく似た――というか、ほとんど同じ色なので、気づかなくても不思議はない。

「なんの本なの？」

山岸さんは、本をわたしにかえしながらいった。

「怪談の本です」

わたしはこたえた。そして、

「友だちによると、この本を読めば、死んだ人と話ができるかもしれないっていうんですけど……」

と続けると、山岸さんは「奇遇だね」とほほえんだ。

「じつは、ぼくもあの世とつながる、あるものをさがしているんだ」

「あるもの……ですか？」

「うん。祠なんだけど……地元の人じゃなかったら、知らないかな」

「どんな祠ですか？」

「お寺や神社にあるような祠じゃなくて、単独で建ってるものなんだけど……」

「その祠がみつかれば、死んだ人と会えるんですか？」

「たぶんね」

山岸さんは肩をすくめて、それからちょっとふくざつな表情をうかべた。

「ただ、そのためには祠とはべつに、あるものが必要なんだ」

「なんですか？」

「本なんだけどね」

わたしは反射的に、手にもっていた本に目をやった。

山岸さんは苦笑して、首をふった。

「ただし、ただの本じゃないんだ。本物の怪談だけを百個集めた、百物語の本が必要なんだよ」

「本物の……」

この本にのっている怪談は、もしかしたら本物の怪談とよべるのかもしれないけど、さ

すがに百個はないな、と思っていると、

「夏美」

ふいに名前をよばれて、わたしはふりかえった。

すぐうしろに、首にタオルをかけた雄人が、汗をぬぐいながら立っていた。

「図書室の場所、よくわかったな」

「うん。ぐうぜん明日香ちゃんに会って、案内してもらったの」

そうこたえて体をもどすと、ほんの一瞬の間に、山岸さんのすがたはどこにも見えなくなっていた。

「新条は？」

「図工室。美術クラブの課題があるんだって。ねえ、このへんに祠ってある？」

「祠？　祠って、あのお地蔵さんとかが入ってるやつか？」

「たぶん……」

わたしは首をかしげた。

そういえば、祠については、お寺とか神社にあるものじゃないということ以外、くわしいことはきいていなかった。

雄人はしばらく腕をくんで、思いだそうとしていたけど、やがて、

「たしか、山のほうにいく途中にあったたんじゃないかな」

目を細めながらそういった。そして、

「そういうのは、新条のほうがくわしいと思うぞ」

とつけくわえた。

とりあえず、帰りに図工室によることにして、雄人は自由研究につかえそうな本をさがしにいったので、わたしも座りなおして、本の続きを開いた。

第十話　灰色の花子さん

春休み。バレークラブの新六年生は、春の大会にむけて、体育館で汗を流していた。

その休憩時間、水筒のお茶を飲みながら、洋子がこんな話をはじめた。

「ねえ、知ってる？　体育館のトイレに、花子さんがでるらしいよ」

「え、ほんと？」

その手の話が大好きな香奈が、目をかがやかせて身をのりだす。

「でも、昨日つかったときは、なんにもでなかったよ」

弘美が口をはさむと、

「それはね……」

洋子は声をひそめて続けた。

「花子さんがでるのは、一年に一回、四月四日の四時四十四分だけだからなの」

「あれ？　四月四日って、今日じゃなかったっけ？」

弘美のつぶやきに、

「じゃあ、あとでいってみようよ」

香奈がはしゃいだ声をあげる。

「だめよ」

洋子がきびしい口調でいった。

「どうして？」

香奈が頬をふくらませる。

「その時間にトイレに入ると、花子さんがあらわれて、

『赤がいいか？　青がいいか？』

ってきいてくるの」

「それで、どっちをこたえればいいの？」

香奈の問いに、洋子は「どっちもだめ」と首をふった。

「赤ってこたえると、包丁がふってきて血まみれになっちゃうし、青ってこたえると、トイレが水でいっぱいになって、おぼれちゃうの」

「それじゃあ、どうしたらいいのよ？」

香奈が声をふるわせる。

「だったら、ほかの色をこたえればいいんじゃない？」

弘美が横から口をはさんだ。

「赤も青もだめなら……紫とか」

「それもだめ」洋子がすぐにこたえた。

「紫ってこたえると、首をしめられて、顔が紫色になって死んじゃうの」

「それじゃあ、茶色は？」

「茶色だと、生きたまま土に埋められてしまうんだって」

「じゃあ、銀色」

「ぴかぴかにみがかれたフォークやナイフがとんできて、串ざしになるの」

「緑色」

「気がつくと、樹海の中をさまよって……」

弘美はつぎつぎと色の名前を口にしたけど、洋子はことごとく、悲惨な結末をこたえた。

すると、香奈がぽつりと「灰色は？」ときいた。

「灰色？」

洋子が言葉をつまらせる。

「灰色はなんだったかな……たしか、灰まみれになるとか……」

「それぐらいならいいいんじゃない」

弘美がそういったとき、休憩終了の笛がなって、三人は腰をあげた。


昼すぎからはじまった練習が終わったのは、陽もかたむきはじめた四時半ごろだった。

ボールやネットを片づけて、体育館をでたところで、弘美はいっしょに片づけていた香奈に、「トイレによっていくから、先にいってて」といった。

「え？　でも……」

香奈が壁の時計を見あげて、不安げな顔を見せる。

長針はちょうど、四十五分の手前をさしていた。

「大丈夫、大丈夫」

弘美は笑って、ひらひらと手をふった。

「あんなの、洋子の作り話にきまってるでしょ」

体育館はわたりろう下で校舎とつながっていて、トイレはその途中にある。

弘美がトイレに入ると、個室のドアが全部しまっていた。

こんな時間におかしいな、と思ってふりかえると、入り口をふさぐようにして、おかっぱ頭に白いブラウス、赤いスカートの女の子が立っていた。

花子さんだ――。

弘美は口をパクパクと開いた。

助けをよびたいけど、声がでない。

そのまま言葉を失って立ちすくんでいると、花子さんは、にやりと笑って口を開いた。

「赤がいいか？　青がいいか？」

弘美は息を大きくすいこむと、首を小きざみにふりながらこたえた。

「どっちもいや」

香奈にはいせいのいいことをいったけど、じっさいにこうして花子さんとむかいあうと、えたいのしれない恐怖がおそってくる。

花子さんは、ちょっと怒ったような顔になって、もう一度、

「赤がいいか？　青がいいか？」

ときいてきた。

弘美はあとずさりながら、さっきの話を思いだして、かすれた声でさけんだ。

「灰色がいい！」

花子さんは、一瞬びっくりしたような顔になったけど、すぐにニヤリと笑って、弘美に指をつきつけた。

「だったら、おまえは灰になれ」

「え？」

ききかえしたつぎの瞬間、顔のまわりが熱くなったかと思うと、弘美の髪の毛がブワッ

ともえあがった。

「ぎゃ――――！」

体中からふきでる炎(ほのお)に、弘美(ひろみ)ははげしく悲鳴をあげながら、その場にくずれおちていった――。


「……いや――っ！」

さけびながらとびおきると、そこはまっ白なベッドの上だった。

どうやら病室のようだ。

いまの悲鳴がきこえたのか、ドアがあいて、お母さんがとびこんできた。

「よかった。まる一日、目をさまさなかったのよ」

お母さんが泣きながら、弘美の体をだきしめる。

お母さんによると、トイレの前で気を失ってたおれているところを、クラブの顧問(こもん)の先生が発見してくれたらしい。

全部夢だったんだ――安心した弘美は、ほっとしながら、お母さんをだきしめかえした。

すると、お母さんは弘美の顔をじっと見つめて、また泣きだした。

「かわいそうに。よっぽど怖い目にあったのね」

「え？」

どういうことだろうと、顔をあげた弘美は、お母さんの肩ごしに、壁にかかった鏡を見て、ふたたび悲鳴をあげた。

まっ黒だった弘美の頭は、まるで灰をかぶったみたいに、白髪だらけになっていたのだ。

了

わたしは思わず、自分の髪に手をやった。

髪の色が変わるほどの怖い目にはあいたくないな、と思いながらも、手は自然につぎのページをめくっていた。

第十一話　粘土細工

「今日はみんなに、粘土をつかって自分の『腕』をつくってもらいます」

図工の時間。先生の言葉に、ぼくは心の中で（いやだなあ）と思った。

四年生にもなって、粘土細工なんて子どもっぽいと思ったのだ。

だけど、じっさいにやってみると、これが意外とおもしろかった。油粘土のひんやりとした感触も気持ちいいし、ぼくはいつのまにか、腕づくりに夢中になっていた。

つくるのは肘から指先まで、できるだけ本物っぽくつくるように、ということだったので、ぼくはこまかく観察しながら、自分の右手をつくっていった。

授業が終わりに近づくと、先生から、粘土のどこかに自分の名前を彫るように、という指示がでた。

ぼくはできるだけかっこよく彫りたかったので、粘土用のへらではなく、ふつうのカッターナイフで名前を彫ろうとしたんだけど、途中で手がすべって、粘土をおさえていた指をざっくりと切ってしまった。

血がいっきに流れて、灰色の油粘土の表面を赤くそめる。

ぼくはとっさに、血のついた部分を粘土に埋めこんでから、保健室にいった。

絆創膏を貼ってもらって教室にもどると、授業はちょうど終わるところだった。

「時間内に間にあわなかった人は、家にもって帰って、完成させてきてください」

先生がそういったので、ぼくはもって帰ることにした。

その日の帰り道。

灰色の腕を粘土板にのせて、同じクラスの峠くんといっしょに帰りながら、図工の時間

に指を切ったことを話すと、

「それ、まずいんじゃないか」

峠くんはそういって、眉をよせた。

「なにが？」

「だって、血が入ってるんだろ？」

峠くんによると、人の形をしたものに、血や髪の毛などを入れると、意思をもつことがあるというのだ。

「まさか」

ぼくは笑いとばして、家に帰ると、すぐに続きにとりかかった。

完成した腕は、なかなかのできで、ぼくは満足して、机の上にかざった。


「ん……うーん……」

その日の夜、いつものように自分のベッドでねていたぼくは、息苦しくなって目をさました。

暗い部屋の中、細長いものが、ぼくの首を上からおさえつけているのが見える。

暗闇に目がなれてきたぼくは、それがなにか気づいて、声にならない悲鳴をあげた。

それは、ぼくがつくった粘土の腕だったのだ。

ぼくは両手で抵抗したけど、腕はすごい力で、ぼくの首をしめあげてくる。

意識がもうろうとしながらも、ぼくは枕元に置いてあった鉛筆をつかんで、腕に思いきりつきたてた。

腕はまるで傷を負ったヘビのように、のたうちまわってあばれながら、細くあいていた窓のすきまからにげだしていった。

翌朝。

粘土をもってきてないことを、先生にどう説明しようかと、足どりも重く学校にむかうと、ちょうど教室の前で、先生とばったり会った。

「粘土だけどな……」

ときりだす先生に、

「すいません。あの……」

ぼくが返事にこまっていると、

「なかなか、うまくできてるじゃないか」

先生はそういって、ぼくの肩に手を置いた。

「え？」

先生といっしょに教室に入ったぼくは、自分の目を疑った。

うしろの棚に並べられた、みんなの腕の中に、ぼくの名前がきざまれた腕が、ちゃんと立っていたのだ。

「鉛筆のささったような跡があるから、消しておいたほうがいいぞ」

そういって教室からでていく先生のうしろすがたを見送って、ふたたびぼくが目をむけると、灰色の腕がおいでおいでをするように手まねきしていた。

了

「そろそろいこうか」

頭上からの声に顔をあげると、雄人がつかれた顔で立っていた。

どうやら、日ごろあまり本を読まないので、頭がオーバーヒートしてしまったらしい。

わたしたちは帰りじたくをすませて、明日香ちゃんのもとへとむかった。

図工室では夏休みだというのに、部員が何人かきて、熱心に絵を描いていた。

「どうしたの？　おそろいで」

おどろいた様子の明日香ちゃんに、わたしが祠の話をすると、

「わたしも、山にいく途中の、三叉路の祠ぐらいしか思いつかないけど……そんな噂はきいたことないなあ」

明日香ちゃんは、首をかしげながらそういった。

「とりあえず、そこにいってみる？」

「うん」

明日香ちゃんが片づけをしている間に、わたしはうしろの棚を見にいった。

そこには、ちょうどさっき読んだ話にでてきたような、油粘土でつくられた灰色の腕が、ところせましと並んでいたのだ。

よく見ると、雄人の名前もある。

「それ、五、六年生全員がつくったんだ」

雄人が棚に近づいて、自分の作品に手をのばした。

「自分の腕をつくるっていう課題だったんだけど……なかなかうまくできてるだろ？」

雄人が自分の右手と右手で握手をして遊んでいると、

「おまたせ」

明日香ちゃんの声がした。

わたしたちが図工室をでようとしたとき、

「うわー」

雄人がとつぜん、棒読みの悲鳴をあげた。

ふりかえると、雄人の服のそでを、粘土の手がつかんでいる。

「勝手に形を変えたら、先生に怒られるわよ」

明日香ちゃんがあきれた口調でいった。

「このぐらい、大丈夫だって」

雄人は笑って、指先をもとの形にもどすと、わたしたちを追いかけてきた。

そして、わたしの表情を見て、

「なんだよ。怒ってるのかよ」

といった。

「べつに」

わたしは首をふって、図工室をあとにした。

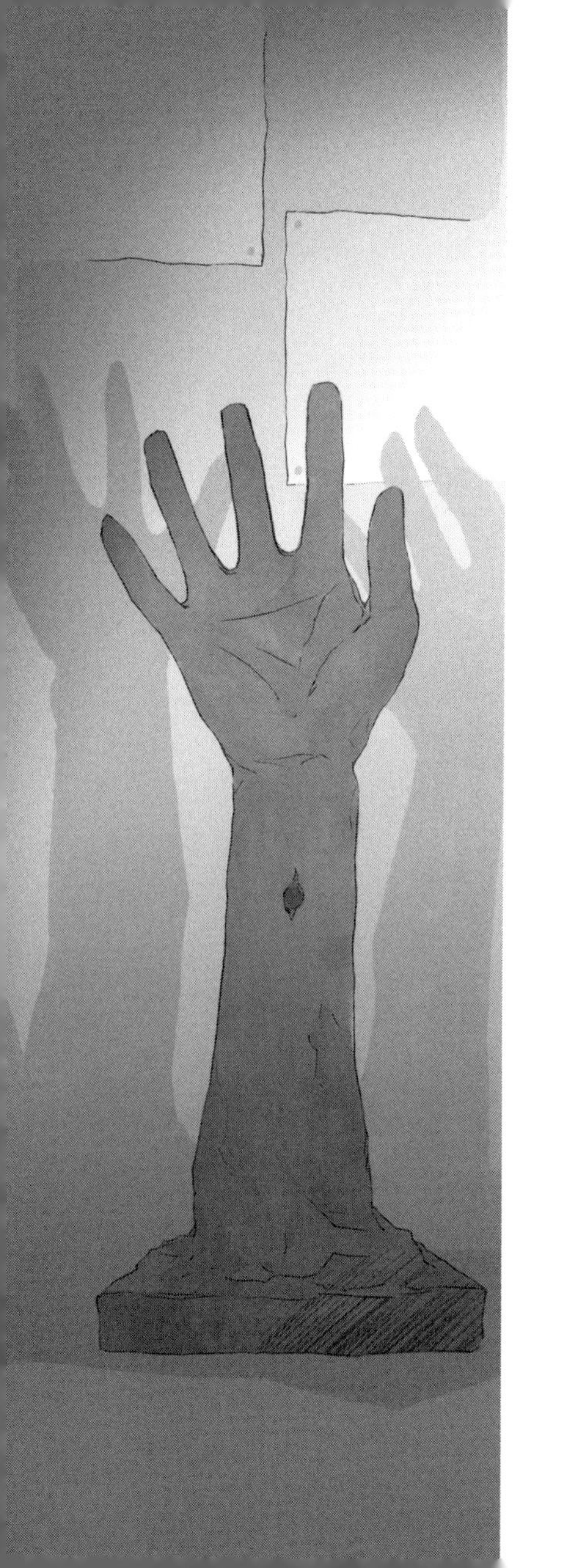

怒ってるのではなく、見てしまったのだ。
はなれていく雄人(ゆうと)を追いかけるように、ひらひらとゆれた粘土(ねんど)の指先を。

学校をでると、空はいつのまにかあつい雲におおわれていた。

駅とは反対方向に歩くこと二十分、古い家と畑が混在した町並みをぬけたところに、その祠はあった。

三叉路の、ちょうど道が二手にわかれるところに立っていて、高さは一メートルくらい。石でできていて、中では赤い前かけをつけた小さなお地蔵さまが、まるで三日月みたいな細い目で、にっこりと笑っていた。

わたしはしゃがみこんで、お地蔵さんに顔を近づけた。

「これは身代わり地蔵といって、病気とか悪いものを、かわりに引きうけてくれるの」

うしろから、明日香ちゃんが教えてくれる。

「そうなんだ」

みんなの悪いものをひきうけるなんて、かわいそうだな、と思ったわたしが、手をのばして、お地蔵さんの頭をなでた瞬間、

「だめよ」

明日香ちゃんが、するどい声とともに、わたしの腕に手をかけた。

「あんまり同情すると、こっちに身代わりを押しつけようとするらしいから」

「え？」

わたしはあわてて手をひっこめた。

どうやらふつうのお地蔵さんじゃないみたいだけど、身代わり地蔵と、あの世につながる祠というのは、あまりむすびつきそうにない。

「この先はどうなってるの？」

わたしは立ちあがって、左右の道を見た。

「こっちは、たしか山しかなかったよな」

雄人が右の道を指さした。

道はゆるやかな上り坂になっていて、その先は暗い森に続いている。

「こっちには池があるよ」

続いて明日香ちゃんが、左を指さしていった。

「池？」

「うん。このへんの人は、『アイタイ池』ってよんでるみたい」

「『会いたい池』？」

その名前に、わたしは興味をひかれた。

「それって、もしかして……」

わたしのききたいことがわかったのだろう。明日香ちゃんは、ふくざつな表情をうかべて首をかしげた。

「うーん……死んだ人に会えるとか、そういう意味じゃないと思う。わたしも気になって、おばあちゃんにきいてみたんだけど、どういうわけか、あんまり話したがらないんだよね。いってみる？」

「うん」

わたしたちは、またつれだって歩きだした。

三叉路から十分ほど歩いたところで、道がとつぜん開けて、目の前に大きな池があらわれた。

空の色をうつしているのか、池の水面はどんよりと灰色にそまっている。

わたしは池のほとりに、お菓子や缶ジュースが置かれていることに気がついた。

「あれって、なにかのおまじないかな？」

わたしがふたりをふりかえると、

「いま思いだしたんだけどさ……」

雄人がぽつりと口を開いた。

「おれ、やばい話をきいたことあるんだ」

名前にあやかってか、この池にはときおり、いなくなった家族やペットとの再会をもとめてやってくる人がいるらしい。

Ｎさんは、あいていた門からとびだして、そのまま一週間以上たっても帰ってこない飼い犬と会いたいと願い、ドッグフードを池にお供えした。

その帰り道、Ｎさんは交差点で車にはねられて亡くなった。

あとでわかったことだけど、Ｎさんの飼い犬も、同じ場所で、同じ運転手にはねられて死んでいた。

運転手が事故をかくすため、犬の死体を山に埋めて、知らん顔をしていたのだ。

運転手によると、Ｎさんをはねたときは、なぜか突然、ブレーキもハンドルもきかなくなって、車がNさんにすいよせられていったということだった。

「たしかに、あの世で会えたのかもしれないけどさ……」

雄人の台詞に、

「そんな会い方はいやだね」

わたしがつぶやくと、まるで返事をするみたいに、池の水面が風に大きく波うった。


ふたりと別れて家に帰るころには、空もようはかなりあやしくなっていた。

おじいちゃんに、学校で山岸さんと会ったことを話すかどうか、ちょっとまよったけど、わたしは結局いわないでおくことにした。

本のことは知らないみたいだったし、連絡先をきいたわけでもない。ただ会ったことを報告してもしかたがないと思ったのだ。

かわりに、お昼ごはんのそうめんを食べながら、あの世とつながるという祠のことをきいてみると、

「知らんなあ」

おじいちゃんは首をひねってから、ふときびしい顔を見せて、

「夏美、気をつけろよ」

と警告した。

「あの世とこの世は、一方通行やからな。あんまりあっちをのぞきこもうとすると、ひっぱられるぞ」

その真剣な口調と表情に、わたしは気おされるようにこくりとうなずいた。


スイカを食べて、おなかがいっぱいになったわたしは、部屋にもどってごろんと横になった。

空がくもっているせいか、部屋の中もうす暗く、わたしは電気をつけて、家からもってきた宿題を開いた。

だけど三ページも進まないうちに、続きが気になってしまい、わたしは結局本を開いた。

なんとなく予想していたとおり、つぎの話は、さっきの池の話だった。

第十二話　あいたい池

Tさんが、彼氏の車でドライブにいったときの話です。

山の上の展望台にでかけたのですが、あいにくのくもり空で、景色があまりよくなかったので、予定よりも早くひきあげることになりました。

せっかくなので、どこかによって帰ろうかという話をしていると、

「あ、これ、いいんじゃない？」

Tさんは、カーナビの地図の中にあるものを見つけて、声をあげました。

それは、山の中にある小さな池で、地図には「アイタイ池」とでています。

「『会いたい池』だって。ちょっとロマンチックじゃない？」

Tさんの言葉に、彼氏も同意して、ふたりは池にむかいました。

ところが、近くまできたところで、急に画面の調子が悪くなり、道がわからなくなってしまったのです。

「たぶん、このへんだと思うんだけど……」

彼氏は車をおりると、ちょうど近くにあった土産物屋さんで、店番をしていたおじいさんに道をたずねました。

「あの……このへんに、『会いたい池』という池はありませんか？」

おじいさんは、彼氏を見て、それから車で待っているTさんのほうにじろっと顔をむけると、

「池なら、この道をまっすぐいったところにあるけどね……あんたらは、やめといたほうがいいと思うよ」

ぶっきらぼうな口調でそういいました。

「はあ……」

なんだか感じ悪いなと思いながら、車にもどった彼氏は、おじいさんの言葉をTさんに伝えましたが、Tさんが、

「せっかくだし、いくだけいってみようよ」

というので、ふたりは車を走らせることにしました。

山間の道を少し走ると、とつぜん視界が開けて、目の前に大きな池があらわれました。

天気はますます悪くなり、空はあつい雲におおわれています。

そんな空の色を反映したのか、池の水面は灰色にそまっていました。

「……あんまりロマンチックじゃないね」

名前から、もっと明るい場所を期待していたTさんは、がっかりしました。

彼氏は、そんなTさんを元気づけようと、ことさらに明るい声で、

「これ……なんて書いてあるんだろ」

といいながら、池のほとりに立っていた木の立て札を指さしました。

立て札は文字がかすれて、ほとんど読めなくなっていましたが、それでも、池の名前だ

けはかろうじて読めました。

〈相対池〉

立て札には、そう書いてあります。

「『あいたい』って、こんな字を書くんだ」

Tさんが感心したようにつぶやいたとき、ひときわ強い風がふいて、水面がいっせいにザワザワザワザワと波立ちました。

同時に、うすい灰色をした霧のようなものが水面にあらわれて、風に押されるように、ふたりのほうへと流れてきます。

Tさんと彼氏は、あっというまにその霧のようなものに包まれてしまいました。

「こっちにおいで」

「いっしょにしずもうよ」

霧の中から、たくさんのさそうような声がきこえてきて、霧がまるで意思をもつように、Tさんと彼氏を池のほうにつれていこうとします。

Tさんも、はじめは抵抗していたのですが、なんだかだんだん、彼氏といっしょなら池にしずんでもいいような気持ちになってきて、気づいたら、自分から前に足をふみだしていました。

となりを見ると、彼氏も同じ気持ちなのか、死を覚悟したような目で足元を見つめています。

チャプン

Tさんの足が、冷たい水につかりました。

このまま、彼といっしょに池の水に包まれるんだ——そう感じたとき、

「待ちなさい！」

不意に肩をつかまれて、Tさんはうしろに引きたおされました。

しりもちをついて、われにかえると、となりで彼氏も池の浅瀬に座りこんで、きょとんとした顔であたりを見まわしています。

ふりかえると、さっきの土産物屋さんのおじいさんが、怖い顔で立っていました。

「あんたらの様子を見て、あぶないと思って、見にいったんだ」

土産物屋の店先で、熱いお茶をだしながら、おじいさんはいいました。

「あんたら、『相対死』って言葉、知ってるか？」

Tさんたちは、顔を見あわせて、首をふりました。

おじいさんによると、相対死というのは心中の昔のよび方で、あの池は江戸時代ぐらい

までは心中の場所として有名で、たくさんの男女が身をなげたのだそうです。

「だからいまでも、仲(なか)のいい男女が近づくと、仲のよさをうらやんで、仲間にひきこもうとするんだ。あんたらを見て、仲がよさそうだと思ったから、とめたんだよ」

おじいさんはそういって、お茶をすすりました。

了

『あいたい池』を読み終えると、わたしは部屋をでて、おじいちゃんに辞典を借りた。

相対死(あいたいじに)を調べると、たしかに「心中のこと」と書いてある。

昔は心中のことを美談(びだん)——美しいラブストーリーみたいにもてはやして、まねをする人がたくさんいたらしい。

そこで、当時の幕府(ばくふ)が「そんなにきれいなものじゃないよ」ということをわからせるために、「相対死」という言葉を広めたのだそうだ。

たしかに、「自殺」には「殺す」という文字が入っているけど、「心中」だと、あんまり怖くないような気がする。

うちのお墓にねむっている人の中にも、あの池に身をなげた人がいるかもしれないと思うと、ちょっと怖かったけど、わたしはページをめくって、つぎの話を読みはじめた。

第十三話　百人地蔵

「うわー、すごーい」

山道にそって、どこまでも続くお地蔵さまの列に、山登りのつかれも忘れて、わたしは歓声をあげた。

「すごいだろ」

ここまで案内してくれた南くんが、じまんげに胸をはる。

「べつに、あんたがつくったわけじゃないでしょ」

横から朱美ちゃんがつっこみをいれた。

小学校、最後の夏休み。

家の都合で転校してきたばかりのわたしのために、同じクラスの南くんと朱美ちゃんが、

「おもしろいところにつれていってやるよ」

といって、山道をのぼること一時間、地元の名所である『百人地蔵』につれてきてくれたのだ。

『百人地蔵』は、お寺でもなんでもないふつうの山道に、およそ百体のお地蔵さまが並んでいるという不思議なスポットで、お地蔵さまの数は、ちょうど百とも、百八つあるともいわれている。

不思議なのは、数える人によって、数が変わるということだった。

「そんなの、どうせ嘘だって」

朱美ちゃんが汗をぬぐいながら、ばかにしたようにいった。

「ほら、よくあるじゃない。夜中になると北校舎の階段の数が、十二段から十三段にふえて、足元を見ると、死んだはずの友だちがねそべってて『これがカイダンだよ』って……」

「そんなくだらない話じゃないって」

南くんが反論する。

そして、本当に人によって数がちがうんだけど、それがちょうど百だったら、願いごとがかなうらしいと主張した。

「それじゃあ、本当に数がちがうのか、みんなで数えてみようよ」

わたしが提案して、三人がそれぞれで数えてみることにした。

「いーち、にーい、さーん……」

南くんが、一歩にひとつの割合で、大声で数えながら歩いていく。

そのあとを、朱美ちゃんが口の中で小さくつぶやきながら、慎重に数えていく。

わたしがふたりに続いて数えだそうとしたとき、

「気をつけなさい」

とつぜん声をかけられて、わたしは思わずとびあがりそうになった。

ふりかえると、いつのまにあらわれたのか、頭にてぬぐいをまいた作業着すがたのおばあさんが、腰に手をまわして立っていた。

おばあさんは、わたしの顔をじろっと見ると、

「この中には『身代わり地蔵』という地蔵さまがまぎれていることがあってな。この地蔵さまを数えてしまうと、いままで身代わり地蔵がひきうけてきた災いが、こちらにかえってくるんじゃ」

といった。

おばあさんによると、身代わり地蔵は長い間、たくさんの人の災いをひきうけてきたんだけど、それが最近いやになってきて、ときおり百人地蔵の中にかくれては、いままでひ

きうけてきた災いをかえす相手をさがしているらしい。

そんなこといわれても、どれが身代わり地蔵かわからなければ、さけようがない。

「あの……」

わたしが身代わり地蔵の見わけ方をきこうとすると、おばあさんはさっさと背中をむけて、足早に立ち去ってしまった。

こまったなあと思いながらも、とりあえず順番に数えていくと、前のほうで南くんと朱美ちゃんが、なにやらいいあらそっていた。

「どうしたの？」

わたしが声をかけると、

「これ、どう思う？」

南くんが、一体のお地蔵さまを指さしてきいてきた。

それは、いかにも古そうなお地蔵さまで、首がとれて、体もかなり欠けていた。

こんな場所でなければ、お地蔵さまだと気づかずに通りすぎていたかもしれない。

「おれは、これもひとつでいいと思うんだけど……」

そう主張する南くんに、

「でも、あとでこのお地蔵さまの首だけがころがってたらどうするのよ」

朱美ちゃんが反論する。

「怖いことというなよ」

「やっぱり、全身がそろってるのだけをカウントしなくちゃ」

なるほど——ふたりのやりとりをきいて、数える人によって、数が変わる理由がわかった気がした。

お地蔵さまの中には、首がとれていたり、どこかが欠けている不完全なものがあって、そういうのを数えるかどうかで、最終的な数が変わってくるのだ。

わたしたちは、それぞれの基準でお地蔵さまを数えていった。

南くんは百三体。朱美ちゃんは九十七体。

そしてわたしは、九十七体まで数えたところで、ほかのお地蔵さまのかげにかくれるようにして、小さなぼろぼろのお地蔵さまが立っているのが目に入った。

最後までにあと二つのこっているので、これを数に入れれば、ちょうど百になるんだけど……。

わたしはとっさに、そのお地蔵さまから目をそらして、となりのお地蔵さまを数えた。

「……九十八、九十九！」

わたしが最後まで数えきると、朱美ちゃんが、

「おしい！」

と声をあげた。

「あとひとつで、百だったのにな」

南くんもくやしそうだ。

わたしはチラッと、さっきの小さなお地蔵さまをふりかえった。

すると、そのお地蔵さまは、ニヤリと笑ってこういった。

「みえてるくせに」

了

「ひどくなってきたねえ」

ちゃぶ台にみそ汁の入ったおわんを並べて、おばあちゃんが窓の外に目をむけた。

夕方からふりはじめた雨は、夜になっていっそうはげしくなり、ザーザーという雨音が、たえまなくきこえてくる。

今日も三人の晩ご飯だった。

お母さんからは、ようやくさっき、会社をでたという連絡があったので、まっすぐむかえば今晩中にはこっちにつくはずだ。

「電車がとまらんかったらええんやけどなあ」

はげしい雨音をききながら、おばあちゃんが不安げにつぶやく。

家からここにくる途中は山が多くて、大雨がふるとすぐに土砂くずれが起こって、電車がとまってしまうのだ。

わたしはお刺身に箸をのばしながら、あの三叉路のお地蔵さまには、なにかいわれはあるのかとおじいちゃんにきいた。

「ああ、身代わり地蔵か」

おじいちゃんは箸をとめて顔をあげた。

あのお地蔵さまは、だれかの災いをひきうけては、形がどんどんくずれていくんだけど、不思議なことに、しばらくすがたを消したかと思うと、また元通りになっているらしい。

「どこかに、お地蔵さんの入る温泉があって、そこでリフレッシュして帰ってくるんちゃうかっていう噂や」

わたしは、お地蔵さまが手ぬぐいを頭にのっけて、露天風呂につかっている情景を思いうかべて、笑ってしまった。

わたしがおふろからでると、おじいちゃんは作務衣すがたで将棋盤にむかって、むずかしい顔でこまを並べていた。

「おじいちゃん、おやすみなさい」

パジャマに着がえたわたしが、髪をふきながら声をかけると、

「夏美」

おじいちゃんは顔をあげて、将棋盤を見つめていたときよりもけわしい表情で、わたしを見た。

「昼間もゆうたけど、あんまり怪談にのめりこむなよ。あっち側にとりこまれるぞ」

「――わかった」

その真剣な目に、わたしも真剣な顔でうな

ずきかえした。

部屋にもどると、わたしは本を前にして、腕をくんだ。

たしかに、この本を読みだしてから、わたしのまわりでいろんなことが起こってるような気がする。

だけど、まだ死んだ人と会う方法を見つけてないのに、ここでやめるわけにはいかなかった。

雨の音をききながら、わたしは本を開いた。

第十四話　灰色電車(はいいろでんしゃ)

「おーい、待ってくれー」

ホームにかけこんだL(エル)さんは、手をふって追いかけましたが、電車は速度をあげて、遠ざかっていってしまいました。

「まいったなあ」

仕事のあと、つい飲みすぎてしまい、終電に間にあわなかったのです。

駅前に、泊(と)まれるようなホテルはないし、タクシーで帰るお金もありません。

Lさんがこまっていると、

「どうかされましたか？」

帽子(ぼうし)を目深にかぶった駅員さんが、声をかけてきました。

Lさんが事情(じじょう)を話すと、

「今夜は特別に、臨時(りんじ)列車が走りますから、そちらにのられたらいかがですか？」

駅員さんは、帽子からのぞく口元に笑みをうかべて、そういいました。

「ほんとですか？　助かります」

Lさんがホームで待っていると、しばらくして駅員さんのいうとおり、灰色の電車がホームに入ってきました。

いつもはうすい水色なので、おかしいなとは思いましたが、きっと臨時なのでいつもとはちがうのだろうと、Lさんは深く考えずに電車にのりこみました。

電車には、男の人や女の人、お年よりから子どもまで、いろんな人がのっています。

こんな時間にも、子どもがのってるんだな、とちょっと意外に思いながら、Lさんはあいている座席に腰をおろしました。

そして、ほっとひといきつくと、Lさんはあることに気がつきました。

乗客の雰囲気が、なんだか妙なのです。

スマホをいじるわけでも、本を読むわけでもなく、おしゃべりする声もきこえません。

ただ前をむいて、ぼんやりと座っているだけです。

その異様な雰囲気に、Lさんが思わず腰をうかしかけたとき、

「Lくんじゃないか」

ききおぼえのある声がして、ふりかえると、Yさんが立っていました。

Yさんは、母方の伯父さんで、最近はあまり会っていませんが、Lさんが学生のころは、ごはんをおごってもらったり相談にのってもらったりして、すごくお世話になった人です。

「Yさん、もういいんですか？」

胸をわずらって、入院しているという噂をきいていたLさんがたずねると、

「Lくんこそ、どうしてこんな電車にのってるんだい？　事故にでもあったのかい？」

Yさんはけわしい表情で、おかしなことをきいてきました。

「いえ、そんなことはありませんけど……」

Lさんが、終電をのがしてホームで待っていたら、駅員に臨時列車があると教えてもらったのだとこたえると、Yさんは急に怖い顔になりました。そして、

「きみはこの電車にのってはだめだよ」

そういうと、窓をあけました。窓の外はまるでトンネルの中のようにまっ暗で、ゴーッとはげしい風の音がきこえてきます。Ｌさんが、トンネルなんか通ったかな、と思っていると、Ｙさんはとつぜんしさんをかかえあげて、窓の外に放りだしてしまいました。

気がつくと、Ｌさんはさっきの駅のベンチでねていました。

「もしもし。こんなところでねられたらこまりますよ」

「あれ？　いま、電車が……」

「終電なら、とっくにでちゃいましたよ」

駅員さんに起こされて、時計を見ると、終電の時間はたしかにとっくにすぎています。

「でも、さっき灰色の電車が……」

それをきいて、駅員の顔がまっ青になりました。

「それは、死んだ人がのるといわれている幽霊電車で、一度のったらおりられないといわれているものです。あなた、よくおりられましたね」

Ｌさんは、電車の中の異様な雰囲気を思いだして、あらためてゾーッとしました。

家に帰ると、Ｙさんが亡くなったという連絡がありました。

亡くなったのは、ちょうどＬさんが電車の中でＹさんに声をかけられた時間だったそうです。

了

読み終えて、わたしはお母さんのことが、ちょっと心配になった。

途中で電車がとまったりして、終電がなくなったら、灰色電車につかまってしまうんじゃないだろうか。

お母さん、無理しないでね、と思いながら、わたしはページをめくった。

第十五話　灰色の糸

昔々、あるところに、とても仲むつまじい夫婦が暮らしていました。

その仲のよさは、近所でも有名で、ふたりはどこにいくにもいっしょでした。

ところが、運命とは残酷なもので、夫を死の病がおそったのです。

現代の医学では簡単に治る病でも、当時の医学ではどうしようもなく、ねこんでからわずか数週間ほどで、夫は亡くなってしまいました。

妻はなげき悲しみました。

三日三晩、食事もとらず、やせほそっていく妻を心配して、お寺の住職さんがたずねてきました。

住職さんは、妻の悲しみようを見かねて、死んだ人に会う方法があると口にしました。

「本当に、そんな方法があるのですか？」

妻はすがるようにたずねました。

「これは命を落とすかもしれないので、本当なら、人に教えるべきではないのだが、このままでは、あなたはどのみち衰弱して死んでしまうだろう。だから、特別に教えるのだ」

苦い顔でいう住職さんに、妻は覚悟をきめた顔でうなずきました。

「教えてください」

きいてみると、その方法というのは、あっけないほど簡単なものでした。

「運命の赤い糸、というものがあるでしょう。死者と縁をむすぶには、灰色の糸をつかうのです」

「灰色の糸、ですか？」

住職さんによると、灰色は白と黒の間――つまり、この世とあの世の間を意味するというのです。

「まず、灰色の糸を小指にまき、糸の先は長くのばしておきます。

そして、会いたい人に縁のあるものを手にしっかりとにぎりしめてねむるのです。

思いがうまく通じれば、夢の中で、あなたは墓地に立っています。

その墓地に立っているお墓は、ふつうのお墓とはちがって、家ではなく一基につきひとりずつの名前が書いてあります。

その中に、会いたい人のお墓を見つけたら、墓石に灰色の糸をまいて、墓地からでるのです。

うまくでることができれば、相手は糸にみちびかれて、この世にもどってくるでしょう。

ただし、でることができなかったり、相手の墓石よりも先に、自分の名前が書かれた墓石を見つけてしまったら、あなたは生きてもどってくることはできません」

妻はその晩、さっそくためしてみました。

灰色の糸を小指にまくと、夫の遺髪をにぎりしめて、ねむりにつきます。

気がつくと、妻は灰色の霧の中を歩いていました。

のばした手の先も見えないほどの、深い霧です。

その霧のあちこちに、ちょうど墓石ぐらいの大きさの長方形のかげが見えかくれしています。

妻は、そのうちのひとつに近づきました。自分の胸ぐらいの高さのある、ま新しい墓石に彫られた名前は、夫のものでも自分のものでもありませんでした。

たしか、先月亡くなったばかりの、近所のおじいさんの名前です。

妻が立ち去ろうとしたとき、だれかが彼女の腕をガシッとつかみました。

ハッとふりかえると、そのおじいさんが、やせほそった手で妻の腕をつかんでいます。

「つれてけ……」

妻はその手をふりはらって、にげだしました。

足下は、まるで雨にぬれた地面みたいにやわらかく、ぐにゃぐにゃとしています。

妻はほかの墓石を調べましたが、夫の名前はなかなか見つかりません。

そして、まちがえるたびに、その墓石の主がせまってくるのです。

妻は必死でにげまわりながら、夫の墓をさがしました。

そして、ようやく見つけると、墓石を糸でぐるぐるまきにして、またかけだしました。

うしろからは、亡者が追いかけてきます。

そして、ついに追いつめられて、うしろから手がとどこうかというとき、とつぜん霧が晴れて――。


霧をぬけた瞬間、彼女は目をさましました。

となりでは、いとしい夫が、以前と変わらないすがたで寝息をたてています。

そして、ふたりの小指と小指は、灰色の糸でむすばれていました。


この世にもどってきた夫ですが、世間では死んだことになっているので、おおっぴらに表にでるわけにはいきません。

昔のことなので、へたをすれば、あやしげな術をつかったとして、ふたりそろって死罪になりかねないのです。
こまった妻は、住職さんに相談して、山でふたりきりでくらすことにしました。
山奥に消えたふたりの、その後の消息を知る人はいません。

了

最後まで読み終えて、わたしはちょっとドキドキした。
もしかしたら、これがわたしのさがしていた怪談かもしれない。
耳をすませると、雨はいきおいを弱めながらも、まだしとしととふり続いている。
おじいちゃんとおばあちゃんは、どうやらねむったみたいだ。
わたしはそっと部屋をでると、居間の戸だなをあけて、さいほう箱をとりだした。
そして、灰色の糸まきを手に部屋にもどると、家からもってきたボストンバッグの中から、小さなおまもりをとりだした。

お父さんがわたしにくれた、大事なおまもりだ。

わたしは糸を小指にむすびつけると、おまもりをにぎりしめて、お父さんの顔を思いうかべながら布団(ふとん)に横になった。

——気がつくと、わたしはパジャマすがたのままで、灰色の霧の中に立っていた。

灰色の糸は、しっかりと小指にむすばれている。

あたりを見まわすと、霧の向こうに墓石らしいかげがいくつも見えた。

先に自分の名前を見つけてしまうと、自分がつれていかれてしまう——。

さっき読んだばかりの住職さんの話を思いだしながら、わたしはそろそろと前に進んだ。

だけど、だれの名前が彫られているかなんて、顔をよっぽど近づけないとわからない。

しかも、わたしとお父さんは苗字が同じなのだ。

わたしは思いきって、かげのひとつに近づいた。

そして、息が墓石にかかるくらい顔を近づけて、表面に彫られた名前を読んだ。

苗字は同じだ。そして、名前は……

『夏』の字が見えた瞬間、わたしは目をそらして墓石に背をむけた。

そのまま、見ていないふりをして、立ち去ろうとしたとき、

「**見えてるくせに**」

だれかのささやく声が、耳元できこえてきた。

とっさに耳をふさいで走りだす。

墓石（はかいし）からはなれるにつれて、声はだんだん小さくなり、ようやくきこえなくなったところで、またあらたな墓石が目に入った。

霧（きり）をかきわけるようにして近づくと、名前をたしかめる。

だけど、これも『夏』の字が見えたところで、わたしは顔をそむけてにげだした。

「見えてるくせに」

うしろから、声が追いかけてくる。

そのあとも、墓石は見つかるんだけど、ことごとく『夏』の字ではじまっていたので、わたしは名前をたしかめてはにげるということをくりかえした。

そのたびに、追いかける声がふえていく。


「見えてるくせに」「見えてるくせに」「見えてるくせに」

わたしはひたすらにげ続けた。

ときおり、墓石があらわれては名前をたしかめるんだけど、お父さんの名前はどこにもない。

気がつくと、わたしは自分の名前の墓石にかこまれていた。

にげ場がなくなり、じりじりとあとずさったわたしは、とつぜん肩をつかまれて、悲鳴を——。


「——美！　夏美！」

ゆりうごかされて目をあけると、すぐ目の前にお母さんの顔があった。

「あれ？　お母さん？」

顔に、ぱらぱらと雨があたる。わたしは自分のいる場所を見まわした。ここは——。

「お墓？」

わたしはとびおきた。自分がパジャマのままで、墓地の土の上にたおれていることに気がついたのだ。お母さんのうしろには、おじいちゃんとおばあちゃんが傘をさして、心配そうに立っている。

「とにかく、中にもどろう」

おじいちゃんの言葉に、立ちあがろうとしたわたしは、なにかに手をひっぱられて、またその場にしりもちをついた。

ふりかえると、小指にむすんだ糸が、古いお墓（はか）――『灰色（はいいろ）の本』が置かれていた、あの墓石にぐるぐるまきになっていた。

「おじいちゃん、これ……」

暗いせいもあって、墓石の文字はほとんど読めなかったけど、わたしはおじいちゃんに、これが〈山岸家乃墓（やまぎしけのはか）〉だとつげた。

おじいちゃんは、けわしい表情でわたしの指から糸をはずすと、お墓の前にすてて、わたしの手をひっぱった。

「いくぞ」

おふろに入って着がえると、居間でおばあちゃんが熱いお茶を入れてくれた。

夏とはいえ、夜中にずっと雨にうたれていたわたしは、ようやく体が芯からあたたまって、湯のみを手に、フーッと大きく息をはきだした。

「いったい、なにがあったの？」

お母さんにきかれて、わたしは事情を話した。

「わたしはただ、お父さんに謝りたかったの……」

そういって、涙をこぼすわたしを、

「大丈夫。お父さんは怒ってないわよ」

お母さんはぎゅっとだきしめてくれた。

今夜、仕事を終えたお母さんは、すぐに電車にのったんだけど、雨でずいぶん到着がおくれてしまった。

それでもなんとか駅に到着して、タクシーで帰ってきたんだけど、部屋をのぞくとわたしのすがたがない。

あわててあちこちさがしまわって、墓地で雨にうたれているわたしを発見したらしい。

わたしたちが話をしている間、おじいちゃんはずっと怖い顔で『灰色の本』を読んでいたけど、やがて、

「これは罠だな」

とつぶやいた。

「罠?」

「ああ」とうなずいて、『灰色の糸』を指さす。

「このやり方は、わしもきいたことがあるが、こんなにうまくいくはずがない。これは、うまくいくように書いて、この話を読んだものがまねをするようにしむける、詐欺みたいなもんだ。つまり――」

おじいちゃんはそこで言葉をきると、わたしに顔を近づけていった。

「話を読んだものがまねをして、むこう側につれていかれてはじめて、怪談が完成するんじゃよ」

怪談にとりこまれるな……。

おじいちゃんの言葉が頭にうかぶ。

「この本は、わしがあずかろう」

おじいちゃんは、本を手にして立ちあがった。

「できるかどうかわからんが、供養してみる」


つぎの日は、朝からどんよりとしたくもり空が広がっていた。

四人分の食事をつくるために、市場に買いものにいくというおばあちゃんとお母さんを送りだして、わたしが夏休みの宿題をしていると、

「こんにちはー」

玄関のほうから声がきこえてきた。

おじいちゃんは、本堂でおつとめ中だ。

わたしが玄関にでると、ノースリーブのワンピースを着た明日香ちゃんが、日傘を手に立っていた。

「おはよ、夏美ちゃん。いまからでられない？」

「どこに？」

明日香ちゃんの話をきいて、わたしはおどろいた。

昨日の祠以外にもうひとつ、お寺でも神社でもない祠が近くにあるというのだ。

昨夜のこともあるので、どうしようかと思ったけど、せっかく調べてきてくれたのを断るのも悪い。

わたしはおじいちゃんに「ちょっと、駅前の本屋さんにいってくるね」といって、麦藁帽子を手に家をでた。


明日香ちゃんにつれられてやってきたのは、昨日の三叉路だった。

昨日は左に進んだわかれ道を、今日は右側に進む。

「え？　こっち？」

たしか、この先は山しかないといっていたはずだ。

だけど、明日香ちゃんのおばあさんによると、この先の山の中に、古い鳥居と祠があるらしい。

すぐに森をぬけると、道の両側には畑がふえてきた。農作業用の小屋もちらほらと見える。

畑の間を並んで歩きながら、わたしは昨日読んだ『灰色の糸』の話をした。

ただし、ラストは本の通りではなく、自分の体験談を、本にのっていた結末のようにして話した。

「つまり、灰色の糸の話は、生きている人間をさそいこむための、亡者の罠だったの」

「ひどいね。それって、ほとんど無理ゲーじゃん」

明日香ちゃんは、顔をしかめた。

「無理ゲー？」

「クリアするのが無理なゲームってこと」

わたしは、昨夜の体験を思い起こした。

たしかに、自分の名前が彫られた墓石にあれだけかこまれてしまったら、にげきれるわけがない。

「今日は、本はもってきてるの？」

明日香ちゃんにきかれて、わたしは首をふった。

「やっぱりだれかの忘れ物かもしれないから、おじいちゃんがあずかるって」

「そっか」

明日香ちゃんは、ちょっと残念そうに肩をすくめた。

「雄人くんの自由研究につかえるかもしれなかったのにね」

今日も、わたしをさそいにくる途中で、雄人の家によったらしい。

「朝から友だちと、釣りにでかけたんだって」

明日香ちゃんはそういって、口をとがらせた。

「昨日の雨で増水してるのに、大丈夫かな」

そんな話をしているうちに、いつのまにか畑はなくなり、あたりはすっかり山の中になっていた。

「本当に、こんなところに祠があるの？」

「おばあちゃんは、そういってたんだけど……」

明日香ちゃんが首をかしげながら、さらに細くなっていく道を進むと、とつぜん視界が開けて、山の斜面に大きな鳥居があらわれた。

鳥居にむかって、草にかくれるようにして、石段が続いているのが見える。

わたしたちは顔を見あわせて、石段をのぼりはじめた。

雲の切れ間から、日ざしがさしこんでくる。

息を切らしながら石段をのぼりきって、鳥居をくぐると、そこには小さな祠があった。

一メートルくらいの石の台の上に、やっぱり石でできた高さ五十センチくらいの箱がのっている。

祠というより、とびらのついてない百葉箱みたいだ。

明日香ちゃんが中をのぞきこんで、わたしをふりかえった。

「からっぽだよ」

わたしも、明日香ちゃんのうしろから祠の中をのぞいてみた。

お地蔵さまがあるわけでも、御札がまつられているわけでもない。本当にただの箱なんだけど、その中に、数十個の小石が山になってつんであった。

ためしにひとつ、手にとってみたけど、なんのへんてつもないふつうの石だ。

「いたずらかな」

わたしの手元をみながら、明日香ちゃんがそういったとき、

「たぶん、願掛けじゃないかな」

うしろから、ききおぼえのある声がきこえてきた。

ふりかえると、山岸さんがちょうど鳥居をくぐって、こちらにやってくるところだった。

「知ってる人？」

明日香ちゃんが小声できく。わたしは「祠をさがしてる人なの」と説明して、山岸さんに明日香ちゃんを紹介した。

「あの……もしかして、これがその、『あの世とつながる祠』なんですか？」

明日香ちゃんが期待にみちた目で話しかける。

だけど、山岸さんは祠をチラッと見ると、

「いや……どうやら、ちがうみたいだね」

そういって、残念そうに肩をすくめた。

「ここにはたぶん、お地蔵さまが入ってたんじゃないかな」

山岸さんによると、なにかの事情でお地蔵さまをうつしたあと、祠だけがのこったんじゃないか、ということだった。

「じゃあ、これはやっぱり、だれかのいたずらなのかな……」

小石の山を見ながら、わたしがつぶやくと、

「だったらいいんだけどね」

山岸さんがぽつりといった。

「どういうことですか？」

明日香ちゃんがききとがめる。山岸さんはにやりと笑って、

「なにも入ってない箱でも、特別な思いが集まると、思いがけない力をもつことがあるんだよ」

そんなふうに前置きをしてから、語りはじめた。

祠の呪い

畑にはさまれた通学路を、一志は泣きながら家に帰った。

四年生になってから、同じクラスの大吾にずっといじめられているのだ。

今日は帰ろうとしたら、下靴に泥がつめられていた。

昨日はノートをやぶられたし、その前は体操服がびしょぬれになっていた。

一度、勇気をだして本人を問いつめたこともあるけど、

「証拠は？」

開きなおった態度で、そうききかえされただけだった。

たしかに証拠はないけど、大吾が一志の靴箱や机に手を入れているところを見たことも
あるし、じっさいに一志のふで箱の中身を捨てているところを見たという友だちもいる。

だけど、大吾は体も大きくて怖いので、だれもさからえないのだ。

本当は、お父さんやお母さんに相談したいけど、お父さんは仕事で帰りがおそいし、お母さんは、前に一度相談したら、

「そんなの、あなたが弱いから目をつけられるのよ。しっかりしなさい」

と、逆に怒られた。

まっすぐ帰りたくなかった一志は、近所の駄菓子屋さんに立ちよった。

そこのおばあさんは、一志が幼稚園のころからの顔見知りだ。

「こんにちは」

「おや、いらっしゃい」

いつもと同じ笑顔でむかえてくれたおばあさんに、一志はちょっとまよってから、いじめのことを相談した。

おばあさんは、しばらく考えていたけど、

「だったら、祠に願掛けをしてみたらどうだい？」

といった。

「願掛け？」

「ああ。この先に、鳥居があるのを知っとるだろ」

一志はうなずいた。

駄菓子屋の角をまがって、しばらく歩いたところに、小さな山があって、その中腹に石段がある。

その石段をのぼると、大きな鳥居があるんだけど、まわりにお寺や神社があるわけでもなく、ただからっぽの祠があるだけだった。

「あの祠にはな、もともとえらいお地蔵さまが入ってらしたんじゃ」

「どうしていなくなったの？」

おばあさんによると、何年か前、ある有名なお坊さんがみつけて、お寺にもらわれていったらしい。ただ、お地蔵さまがいなくなったあとも、祠には力のようなものがのこっていて、願掛けをすると願いがかなうといわれているのだ。

「どうすればいいの？」

身をのりだす一志に、おばあさんは方法を説明した。

「まず、なんでもいいから小さな石をひとつひろって、石段をのぼりなさい。そして、石を祠の中に置いて、手をあわせ、願いごとをとなえて、石段をおりる。これを四十四回くりかえすんじゃ」

「四十四回……」

一志は、何度かいったことのある石段の様子を頭に思いうかべた。

石段といっても、斜面にとってつけたように石の板が置いてあるだけで、斜面を直接のぼるのとほとんど変わらない。

それを四十四回……。

考えただけで、汗がふきでてきそうだ。

「四十四個目の石を置いたときに、願いがかなうといわれておる。ただし、くれぐれも人の不幸を願ってはいけないよ」

おばあさんは怖い顔でいった。

「どうして？」

「不幸を呪えば、それは願いではなく、呪いになる。呪いはかなったとしても、かならず自分にかえってくる。もし願掛けをするなら、『強くなりたい』とか、自分のためになることをお願いしなさい。わかったね」

その迫力に、一志は気おされたようにうなずいた。


つぎの日。一志は学校で友だちに、祠の願掛けのことをきいてまわった。

だけど、だれも知っている人はいなかった。

もしかしたら、おばあさんのつくり話だったのかもしれないな――そう思いながら学校をでたところで、大吾によびとめられた。

「おまえ、なんかおもしろそうなこときいてまわってるらしいな」

「知らないよ」

一志は首をふってしらばっくれた。だけど、大吾は一志の腕をぐっとつかんで顔を近づけた。

「痛たた……」

「おまえ、まさかおれに……」

「あ、先生！」

一志はとっさに、てきとうな方向を指さして声をあげた。そして、力がゆるんだすきに、大吾の手をふりはらってにげだした。


気がつくと、一志は石段の下にいた。

今日はなんとかにげきったけど、明日になったら、きっとひどい目にあうだろう。

強くなりたい、なんて願ってる場合じゃない。

明日、大吾が学校にこないようにするためには……。

一志は小さな石をひとつひろうと、石段をのぼって、小石を祠に置いた。そして、手をあわせて、

「大吾がけがをしますように」

ととなえると、石段をおりて、また小石をひろいあげた。

くりかえすうちに、願いはだんだんエスカレートしていって、はじめは、

「事故にあってけがをしますように」

だったのが、三十回目をこすあたりには、

「いなくなればいいのに」

祠の前で手をあわせながら、そんなことを願っていた。

そして、ついに四十四個の小石をひろって、石段をのぼりきったとき、
クワー、クワー、クワー
頭上ではげしくカラスがないて、一志はハッとわれにかえった。

いま、自分はなにを願ってたんだ?

怖くなった一志は、手にしていた石を放りだすと、そのまま石段をかけおりて、山をあとにした。

あのまま四十四個目の石を置いていたら、どうなっていたんだろう——。

山をおりて、畑の間の道をぼんやりと歩いていた一志は、うしろから近づいてくるバイクの音に気がつかなかった。

そして、背中にはげしい衝撃をうけたかと思うと、そのまま大きく宙を舞った。


「ほんとに、このぐらいですんでよかったよ」

お見舞いにきた駄菓子屋さんのおばあさんは、そういって胸をなでおろした。

一志は首をすくめて、包帯でつられていないほうの手で頭をかいた。

大きくはねとばされた一志だったが、落ちた場所が畑の土の上だったので、左腕の単純骨折だけですんだのだ。

バイクの運転手は、とつぜんブレーキがこわれて、ハンドルもきかなくなったといっているらしい。

「まさか、あの願掛けで、だれかを呪ったりしたんじゃないだろうね」

おばあさんの言葉に、一志はあわてて首をふった。

「やってないよ。ただ……」

「ただ？」

一志は、『強くなりたい』という願掛けをしたけど、暗くなってきたので途中でやめて帰ったと嘘をついた。

おばあさんは表情をやわらげて、

「それじゃあ、けがが治ったら、また続きをすればいいよ」

といった。

「え？　中断してもいいの？」

一志はおどろいた。

「ああ。とにかく、四十四個の念をためることが大事なんだ」

おばあさんはこたえた。

「だから、もしだれかが一志のあとをついで、ぜんぜんちがうことをお願いしても、四十四個目の石をつんだ瞬間に、願掛けは完成するんだよ」

「それじゃあ、もしだれかがぼくのけがを願って、四十四個目の石をつみあげたら……」

　一志の言葉に、おばあさんはするどく目を光らせた。

「願いはかなうだろうね。ただし……」

　それは呪いとなって、かならず自分にかえってくるよ――おばあさんがそういったとき、
遠くから救急車のサイレンの音が近づいてきた。


「――救急車で運ばれてきたのは、その大吾っていう男の子で、自転車でころんだだけなんだけど、ちょうどころんだところにあった大きな石で頭を強く打って、命にかかわる大けがをしたらしい。

　たぶん、一志くんのあとをつけて、願掛けを中断したのを見て、自分がのこりをひきつ

いだんだろうね。

『あいつがけがをしますように』って」

山岸(やまぎし)さんの話をきいて、わたしは「人を呪(のろ)わば穴(あな)ふたつ」という言葉を思いだした。

穴というのは墓穴(はかあな)のことで、人の墓穴を掘(ほ)るようなことをしたら、自分の墓穴も掘ることになる、という意味だ。

人を呪うような願いごとをしたら、そのむくいがかえってくる。

だけど、そうじゃない願いごとなら、ちゃんと手順通りに願掛(がんか)けをすればかなうのだろうか。

「あの……」

わたしは一歩進んで、山岸さんにきいた。

「その願掛けをすれば、死んだ人にも会えるんでしょうか」

「さあね」

山岸さんはあっさりと肩(かた)をすくめた。

「この世とあの世は、基本的には川の流れのように、一方通行だからね。あの世からもどってくるには、川をさかのぼらないといけないし、死んだ人に会おうとするなら、川に流されてもどってこられない覚悟がいる。ふつうの人間には、むずかしいと思うよ」

「でも、山岸さんも、あの世と通じる祠をさがしているんでしょう？」

わたしがそういうと、

「ぼくは、ふつうの人間とはいえないからね」

山岸さんは、さびしげなほほえみをうかべて、静かにいった。

その表情に、わたしがなにもいえないでいると、

「それじゃあ。気をつけて帰るんだよ」

山岸さんはわたしたちに背中をむけて、石段をおりていった。


わたしたちは山をおりると、雄人たちがつりをしているという場所によってみることにした。

背の高い草が密集した川原の、少し開けた場所に、雄人と何人かの男の子が集まっているのが見えた。

「おーい」

明日香ちゃんがよびかけると、雄人がこちらに気づいて、大きく手まねきした。

「おりてこいよ」

わたしと明日香ちゃんは顔を見あわせると、草のとぎれているところから、川原におりたった。

間近で見ると、川の流れは思ったよりも迫力があった。土色ににごった川の水が、ごうごうと音を立てて流れている。

雄人たちも、釣りをするというよりは、増水した川の見物にきているようだった。

お父さんと会いたいと思うのは、この川をさかのぼるようなものなのか……。

そんなことを考えながら、川の流れを見ていたわたしは、川のすぐそばで、石ころを拾っている小さな男の子に気がついた。

三歳か四歳くらいだろうか。ひとりであぶないな、と思っていると、

「わっ！」

悲鳴とともに、男の子のすがたが視界から消えた。

あわててかけよると、男の子が腰(こし)まで川につかって川原の草を必死ににぎりしめていた。

はいあがろうとする男の子の手を、わたしは手をのばしてつかんだ。

そして、ひっぱりあげようとした瞬間(しゅんかん)、足元の土がくずれて、わたしはひざまで川につっこんだ。

バランスをくずすわたしの腕(うで)に、男の子が両手でしがみつく。

わたしはとっさに、自分から川にふみこんで、男の子の体をだきかかえると、足をふんばって、川原にもどろうとした。

だけど、川底の土はどんどんくずれていって、わたしは斜面(しゃめん)をすべり落ちるように、少しずつ、川原から遠ざかっていった。

水のいきおいは強く、ちょっとでも気をゆるめると、そのまま流されてしまいそうだ。

もがいているうちに、気がつくとわたしの体は、おなかのあたりまで川につかり、手の力もなくなってきていた。

わたしは大きく息をすいこむと、

「助けてっ！」

と思いきりさけんだ。

生いしげる草のむこうで、雄人がこちらに気づいたのが見える。

「もう少しだからね」

わたしが男の子に顔をむけたとき、男の子の顔がグニャリとゆがんだ。

「え？」

わたしがゾクッとしていると、男の子の体が急に重くなって、あっと思うまもなく、わたしの体は川の中にひきずりこまれていった。

わたしの腕の中で、あの三叉路の身代わり地蔵がニヤリと笑う。

わたしは地蔵を放りだすと、岸にむかって泳ごうとした。

だけど、流れが速くて、ぜんぜん近づけない。

「つかまれ！」

顔をあげると、雄人がつりざおをこちらにのばしていた。

わたしはつま先で川の底をけりながら、懸命に手をのばしたけど、あと少しのところでとどかない。

「いま、新条が人をよびにいってるから、あとちょっとがんばれ」

雄人が川に足をふみこんで、もう一度つりざおをのばす。

その先をつかもうとして、からぶりしたわたしは、そのまま頭から川につっこんで、思いきり水をのんでしまい、そのまま川の流れにのみこまれた。

どっちが上かわからない状態で、体が川に流される。

にごった水の中で、視界はなぜか土色ではなく、灰色に包まれた。

これが、この世とあの世の間なのかな――わたしがそうあきらめかけたとき、だれかの大きな手が、わたしの背中をぐいっと押しあげた。

川面から顔をだした瞬間、すぐ目の前につりざおがあらわれて、わたしは反射的にその先をつかんだ。

両手で必死にしがみつくわたしを、雄人が懸命にひっぱりあげる。

川原に体をなげだした瞬間、わたしの意識はふっと遠のいた――。

気がつくと、わたしの顔を雄人がのぞきこんでいた。

「大丈夫か」

返事をしようと体を起こしたわたしは、せきこみながら水をはきだした。
「あり……が……とう……」
ようやくそれだけを口にすると、わたしはまた川原に大の字になって、空を見あげた。
空はいつのまにか雲が切れ、きれいな青空が広がりはじめている。
さっき、川にしずみそうになったとき、目の前の世界は灰色だった。
だけど、いまは――
緑の草。青い空。白い雲。
わたしは色あざやかな世界を、しっかりと目にやきつけた。

笛と太鼓の音が、どこからかきこえてくる。

神社の境内は、にぎやかな声と、あたたかなオレンジ色の光に包まれていた。

川でおぼれかけてから一週間。

近所の神社で開かれた夏祭りに、わたしと明日香ちゃんと雄人の三人は、ゆかたを着て参加していた。

焼きそばと焼きとうもろこしを食べて、つぎはなにを食べようかと話しながら歩いていると明日香ちゃんが急に立ちどまった。

「あ、お母さん」

その視線の先には、ゆかたすがたのちょっと明日香ちゃんに似た女の人が、胸の前でひかえ目に手をふっていた。

「きてもらったんだ」

わたしが声をかけると、

「うん。電話をかけて、きてってお願いしたの。夏美ちゃんのおかげだよ」

明日香ちゃんはうれしそうに笑った。

お父さんのことは好きだし、いまの生活に不満があるわけじゃないけど、たまにはお母さんと会いたいな、と落ちこんでいた明日香ちゃんに、

「生きてれば、いつでも会えるんだよ」

わたしはそういって、背中を押したのだ。

「いってらっしゃい」

わたしが手をふって送りだすと、

「それじゃあ、あとはふたりでごゆっくり」

明日香ちゃんは、いたずらっぽい笑顔でわたしと雄人の顔を見て、お母さんのもとへとかけだしていった。

「自由研究は、どうなったの？」

ふたたび歩きだしながらわたしがきくと、雄人は顔をしかめて頭をかいた。

「あんまり進んでないんだよな……そういえば、あの本は？」

「それが……消えちゃったの」

「消えた？」

「うん」

わたしは小さく肩をすくめた。

おじいちゃんによると、供養の準備ができるまでの間、あの奥の部屋に置いてあったはずなんだけど、気がついたら消えていたらしい。

「そういえば、あの本に石灯籠の怪談ものってたな」

参堂の左右に立っている石灯籠を見ながら、雄人がいった。

「え？　ほんと？」

わたしは目次にのっていたタイトルを思いだそうとしたけど、それらしい話は思いだせなかった。

「どんな話？」

「ちゃんと読んだわけじゃないんだけど……」

どこかのページを開いたときに、パッと目に入った台詞だけをおぼえているらしい。

「たしか、こんな台詞だったんだ」

『夏祭りの夜に、石灯籠の窓をのぞくと、死んだ人が見えるんだって』

「……それだけ？」

わたしがきくと、雄人はうなずいた。

「おぼえてるのはそれだけ」

わたしはがっかりした。

もっとくわしい条件がわからなければ、ためしようがない。

まさか、全部の石灯籠をかたっぱしからのぞいてまわるわけにはいかないし――と思っていると、

「あっ！」

雄人がとつぜん声をあげて、足をとめた。

「なにか思いだしたの？」

期待をこめてわたしがきくと、

「財布、落としたかも」

雄人はまっ青な顔でいった。

「えー、大変じゃない」

「たぶん、さっきの焼きとうもろこしのときだと思う。ごめん。ちょっと見てくるから、ここで待ってて」

そういうが早いか、雄人は人ごみの中にかけこんでいった。

とつぜんひとりでとりのこされたわたしは、ふとだれかによばれたような気がして、くるりとふりかえった。

にぎやかな夜店の明かりとは対照的な暗い林の中に、ぼんやりと白いかげが見える。

さそわれるように、林に足をふみいれると、木々の間に参道にあるのと同じ石灯籠が立っていた。

なんでこんなところに——不思議に思いながらも、ちょうど目の高さにあった窓をのぞ